Editora Appris Ltda.
1.ª Edição - Copyright© 2025 dos autores
Direitos de Edição Reservados à Editora Appris Ltda.

Nenhuma parte desta obra poderá ser utilizada indevidamente, sem estar de acordo com a Lei nº 9.610/98. Se incorreções forem encontradas, serão de exclusiva responsabilidade de seus organizadores. Foi realizado o Depósito Legal na Fundação Biblioteca Nacional, de acordo com as Leis nos 10.994, de 14/12/2004, e 12.192, de 14/01/2010.

Catalogação na Fonte
Elaborado por: Josefina A. S. Guedes
Bibliotecária CRB 9/870

B852a 2025	Bridi, Lara Adrenalina rock / Lara Bridi. – 1. ed. – Curitiba: Appris, 2025. 179 p. ; 23 cm. ISBN 978-65-250-7678-2 1. Ficção brasileira. 2. Adolescência. 3. Rock. 4. Música. 5. Diários – Ficção. 6. Comédia. I. Título. CDD – B869.3

Editora e Livraria Appris Ltda.
Av. Manoel Ribas, 2265 – Mercês
Curitiba/PR – CEP: 80810-002
Tel. (41) 3156 - 4731
www.editoraappris.com.br

Printed in Brazil
Impresso no Brasil

Lara Bridi

Adrenalina Rock

Curitiba, PR
2025

FICHA TÉCNICA

EDITORIAL	Augusto V. de A. Coelho
	Sara C. de Andrade Coelho
COMITÊ EDITORIAL	Ana El Achkar (Universo/RJ)
	Andréa Barbosa Gouveia (UFPR)
	Jacques de Lima Ferreira (UNOESC)
	Marília Andrade Torales Campos (UFPR)
	Patrícia L. Torres (PUCPR)
	Roberta Ecleide Kelly (NEPE)
	Toni Reis (UP)
CONSULTORES	Luiz Carlos Oliveira
	Maria Tereza R. Pahl
	Marli C. de Andrade
SUPERVISORA EDITORIAL	Renata C. Lopes
PRODUÇÃO EDITORIAL	Adrielli de Almeida
REVISÃO	Stephanie Ferreira Lima
DIAGRAMAÇÃO	Amélia Lopes
CAPA	Eneo Lage
REVISÃO DE PROVA	Ana Castro

Agradecimentos.

Agradeço aos meus pais, Ana e Urias, que sempre me incentivaram a ser uma pessoa sonhadora e criativa. Eles foram os primeiros a ler a história e me apoiar nesta jornada de escrita e publicação. Também foram eles quem me apresentaram ao rock, com uma enorme coleção de CDs em casa, quando eu ainda era criança. Foram muitas horas ouvindo nossas canções favoritas, de Elvis a Nirvana. A verdade é que *Adrenalina Rock* só existe por causa desses momentos familiares. Muito obrigada!

Dedicado à Lara de dez anos atrás, que idealizou esta história.

Apresentação.

Olá, leitor!

As primeiras páginas deste livro foram escritas cerca de dez anos antes de sua publicação, quando eu, Lara, ainda era uma adolescente que nem imaginava o que o futuro guardava para mim. O projeto ficou esquecido durante anos em arquivos velhos de um computador, até ser encontrado por uma Lara muito mais madura e consciente de onde queria chegar. Resolvi que daria um desfecho a esta história (que é absolutamente fictícia) e foi hora de colocar a mão na massa, ou melhor, nas palavras. Foi uma longa e constante jornada em que os caminhos de Will, o protagonista, mudaram muitas vezes. A história que a jovem Lara criou ganhou outro timbre nas mãos da Lara de hoje, o que permitiu que o livro fosse publicado.

Mas por que eu estou contando isso? Porque *Adrenalina Rock* é um livro sobre sonhos. A Lara sonhou em um dia ter um livro publicado e hoje estamos aqui. Eu tenho orgulho daquela Lara e acredito que ela teria orgulho de mim. O Will sonhou em criar uma banda de sucesso e… bem, aí você terá que ler o livro para descobrir o que acontece.

O que quero dizer é que sonhos e dedicação podem levá-lo aonde você quer chegar. Então, não deixe de sonhar, pois nenhum sonho é tão distante que não possa ser realizado. Espero que você se divirta com a leitura tanto quanto eu me diverti escrevendo.

Com carinho e muito rock,

A autora.

Prefácio.

Escrevo essas palavras ao som da playlist do Will, com a adrenalina do rock correndo pelas minhas veias (com todo o direito de ser cringe que a minha geração me permite). Ler esse livro foi como ser transportada para a minha adolescência, uma época em que as paixões eram muito mais intensas, os sonhos muito mais deslumbrantes e a música refletia o humor dos meus dias.

Não é fácil, depois de algumas décadas de "vida adulta", encontrar uma história que nos conecte verdadeiramente com a potência dos sentimentos da juventude, mas Adrenalina Rock faz exatamente isso. Devorei essa história como fazia nos meus tempos de menina e fui tomada por uma deliciosa sensação de nostalgia. Senti como se estivesse novamente com 16 anos, no meu quarto na casa dos meus pais, a MTV ligada no último volume e tendo pressa apenas pra viver as aventuras que os anos universitários estavam prestes a oferecer.

Talvez tenham sido as idas de Will e seus amigos às *lan houses* e videolocadoras que acordaram lembranças de risadas e crushes vividos nesses cenários. Talvez tenham sido as letras das músicas que uma vez ocuparam a memória do computador da nossa casa e do meu aparelho de mp3. Ou talvez tenha sido até mesmo o estilo da escrita com as entradas em um diário que me lembraram das dezenas de cadernos e agendas que ainda guardo em uma caixa no armário. Ou talvez tudo isso junto tenha feito com que eu sentisse como se estivesse lendo essa história lá no início dos anos 2000.

Para os jovens leitores que têm a sorte de desfrutar dessa história hoje, não vai faltar conexão com personagens tão irreverentes, originais e cheios de sonhos. Adolescentes vivendo em outra década anseios ainda tão atuais. Para nós, leitores mais maduros, é um deleite voltar a encontrar histórias sobre a adolescência que tenham o poder de nos fazer sentir tão bem representados. E isso porque Lara e os seus personagens entenderam o real poder da música: o de nos reconectar com o nosso verdadeiro eu, que às vezes fica adormecido e esquecido pela correria da vida adulta, mas que precisa de apenas de 2 ou 3 acordes para despertar.

Adrenalina rock é uma narrativa envolvente, apaixonante e atemporal, assim como o rock'n'roll.

Graziella Bridi

Pedagoga, bacharel em letras inglês e neuropsicopedagoga clínica.

13 de julho

*"Do you have the time to listen to me whine
about nothing and everything all at once?[1]"*
Você tem tempo para me ouvir reclamar
sobre nada e tudo, de uma vez só?

Eu não sei o que eu estou fazendo. Minha mãe pediu para que eu escrevesse aqui, mas, de verdade, eu não estou com vontade. Eu nem sei sobre o que escrever. Isso não vai dar certo. Eu odeio ter vindo para este apartamento e odeio a terapeuta da minha mãe por ter colocado essas coisas na cabeça dela.

15 de julho

Não tem nada para fazer neste apartamento pequeno. As aulas ainda não começaram. Minha mãe me pede muito para escrever. Aposto que ela quer ler enquanto eu estou fora.

Não entendo como escrever em um caderninho preto poderia me ajudar. Eu não me sinto menos sozinho, mas a psicóloga disse que me ajudaria na adaptação em um novo lugar. Eu nem sei sobre o que escrever. Minha mãe disse para eu inventar uma história, isso é ridículo. Meu pai falou para eu relaxar e escrever o que aconteceu durante o dia, tipo um diário. Isso é mais ridículo ainda, eu não sou uma menininha de dez anos. Mas, se eu ficar mais um segundo encarando o teto, eu vou enlouquecer.

Minha mãe me acordou para o almoço com uma "surpresinha". Ela estava tão feliz que eu poderia jurar que ela traria boas notícias. Ela trouxe uma caixa de papelão para o meu quarto e apoiou no colchão, ao meu lado. Nem bem eu tinha acordado, olhei dentro da caixa e pensei que minha visão estava embaçada de sono, pois eu vi um gato. Esfreguei os olhos para tirar a meleca e olhei mais uma vez para a

---

[1] Basket Case, Green Day, 1994.

caixa e ainda estava lá: um gato preto magrelo. Tentei tirá-lo da caixa e o bicho riscou fósforo para mim, pulou do meu colo e se escondeu embaixo da cama. Mais um artifício da senhorita psicóloga para eu me sentir menos sozinho. Só que, diferentemente do caderno, agora eu tenho que dar comida, água, tirar pulgas... **Valeu, mãe.**

Não tenho muito mais o que dizer, fiquei a tarde inteira no quarto. Consigo ouvir o gato derrubando coisas pela sala e preciso ir recolher, mesmo não tendo sido minha a ideia de trazê-lo para dentro deste apartamento. Droga. Agora, eu vou ouvir música. Tchau.

18 de julho

Minha mãe não larga do meu pé, ela não gosta que eu fique o dia inteiro trancado no quarto e, ainda por cima, me cobra para que eu escreva. Saí para caminhar pelo bairro, mas não fui muito longe, porque não conheço a vizinhança. Eu preferiria estar no meu quarto vazio, só com aquele colchão velho jogado num canto e a janela enferrujada. A única coisa boa de sair de casa é ficar longe do gato. Ele me arranhou de manhã quando o expulsei do quarto e agora estou com um corte tremendo na mão. Está me machucando quando tento tocar guitarra.

Voltei para casa antes que meus pais chegassem, eles acham perigoso que eu ande por aí à noite. Pelo menos, consegui conhecer um pouco os arredores.

O tédio vai durar para sempre.

25 de julho

Faz mais de uma semana que nos mudamos e nada de interessante aconteceu ainda. Alguns móveis do meu quarto chegaram e o gato parece mais calmo. Passo os dias com minha guitarra ou tocando CDs em um aparelho de som antigo que meu pai ia jogar fora. Ele é bonito e nele cabem uns 20 e poucos CDs, então pedi para ficar com ele. Coloquei todos os meus e deixo tocando em sequência. Já ouvi todos umas três vezes, eu preciso de músicas novas. Não que eu não goste das que eu escuto, mas não sei explicar, é uma sensação totalmente diferente quando você ouve uma música pelas primeiras vezes: descobrir os arranjos, a letra, cada nota nova é inesperada. Depois, a gente se acostuma com ela. Ela continua sendo bonita e especial, mas não é a mesma surpresa.

Ainda existem aquelas que me deixam sem ar toda vez em que eu ouço. São tão intensas que é como se eu fosse para outra dimensão quando eu as escuto, eu esqueço totalmente o que eu estava fazendo e até sentindo. Eu preciso dessas músicas. E só de pensar que existem pessoas que compõem músicas assim... Uau. Fazer uma rima ou uma melodia simples, qualquer um pode fazer. Mas ter a capacidade de mexer com as emoções de outras pessoas simplesmente com o som, o quão incrível é isso? E ainda por cima ver sua música viajar o mundo nas rádios, nos ouvidos de pessoas que você nem conhece — posso apenas imaginar como artistas desse nível se sentem. Se eu pudesse escolher ser qualquer coisa pelo resto da minha vida, eu sonharia em ser esse cara. Eu quero poder sentir tudo isso, estar no palco, ouvir minha voz nas ondas do rádio, quem sabe, um dia.

30 de julho

Eu não aguento mais. Meus pais estão me enchendo o saco com essa história de mudança, querem que eu ajude em tudo, carregar as coisas, limpar a sujeira. Eu não queria estar aqui, queria estar de volta à minha casa, em São Paulo. Mas, pelo jeito, eu não tenho voz nesta casa. Discuti com meu pai por causa disso antes de ontem, agora estou de castigo. Por isso, eu preciso levar o lixo para fora todos os dias. *Que divertido.*

Para piorar tudo, o gato fez uma marca **maravilhosa** de garras na minha guitarra.

Pelo menos, a casa está com a mobília básica e já dá para cozinhar. Eu já estava cheio daquela pizza horrível que meus pais estavam pedindo quase todos os dias.

31 de julho

Eu ouvi um som que chamou minha curiosidade hoje. Sai do elevador ainda enquanto ele rangia ao frear no térreo. Caminhava até o beco onde fica a caçamba de lixo, quando ouvi uma guitarra. Não era nenhuma música que eu conheço, mas era uma melodia harmoniosa e estressada. Eu não sei como eu sei, mas sei que a pessoa estava irada quando a compôs. Eu gostaria de saber quem que estava tocando, deve ser uma pessoa maneira.

4 de agosto

As coisas foram meio esquisitas nos últimos dias. Antes de ontem, saí mais uma vez para levar o lixo, dessa vez mais tarde, porque tinha me esquecido de fazer isso. Desci remoendo o sermão que minha mãe me dera e tomando cuidado para não tropeçar no escuro. Mas acho que *ele* não tomou o mesmo cuidado que eu: ao sair do beco, um menino que vinha em minha direção tropeçou em um degrau e derrubou seu saco de lixo aos meus pés. Ele tinha a minha altura e cara de abobado, *sem ofensas*. Ajeitou o boné e logo começou a se desculpar, até pregar os olhos no meu peito por alguns instantes. Eu procurei algo de errado em minha barriga e só vi a minha camiseta de *The Dark Side of the Moon*, mas era isso mesmo que ele estava olhando.

— Você gosta de *Pink Floyd*?

Eu só assenti e falei sem pensar:

— Você toca guitarra?

Lembrei da guitarra que tinha ouvido alguns dias antes e a pergunta saiu da minha boca sem querer. Ele me encarou por alguns instantes, talvez imaginando de onde eu havia tirado aquilo.

— Não... Mas meu irmão toca. Eu toco baixo.

Nos encaramos por mais uns dois segundos, então cada um tomou seu próprio rumo, sem se despedir, nem nada.

Mas não acabou por aí.

Subindo para casa, encontrei de novo aquele cara no elevador. Eu até pensaria que ele estava me julgando por estar usando a mesma camiseta por dois dias consecutivos, mas ele também estava com a mesma regata desbotada da noite anterior. Balbuciei algo como "E aí?" e ele respondeu com uma levantada de sobrancelhas. Depois do silêncio de três segundos eternos, ele perguntou:

— Como você se chama?

— William — mas na hora me arrependi. — Me chame de Will. Muito prazer — disse, estendo a mão para um aperto. O cara se atrapalhou um pouco com qual mão deveria retribuir o cumprimento.

— Prazer. Eu sou... Ric? — disse como se perguntasse. — Ricardo, Ric... Você é novo no prédio, né?

— Sim. Na cidade inteira, na verdade.

— Ah, então você também vai para um novo colégio? — ele parecia curioso.

— Sim, estou matriculado no Jorge Amado.

— Não brinca! A gente tá no mesmo colégio! — Ric respondeu com animação.

Eu não sabia o que dizer. Ele parecia radiante, mas eu não estou nem um pouco animado com essa história de escola nova. Devo ter dito algo como "maneiro, cara" antes das portas do elevador abrirem e eu me mandar.

Estou meio mal por ter sido seco assim, mas, na real, o que mais eu poderia ter dito?

Hoje, eu terminei de desencaixotar minhas coisas e pendurei meus pôsteres de volta na parede. O da capa de *Abbey Road* rasgou na mudança, então resolvi recortar a silhueta dos *Beatles* e colar na guitarra por cima do arranhão. Ficou legal. O quarto também. Agora, ele parece mais meu.

Me sinto quase em casa.

6 de agosto

Eu ainda não tenho certeza se o que acabou de acontecer foi algo bom, mas, pelo menos, assim o espero.

Acabei de voltar do apartamento de Ric. Ele ligou para o meu apartamento no começo da tarde e me convidou para visitá-lo. Ele disse que não tinha nada para fazer e que nós poderíamos jogar videogame. Eu tinha falado com ele apenas duas vezes na vida, mas, como eu não tinha nada para fazer, fui.

No andar dele, eu não sabia em qual das portas bater, mas algo me dizia que era aquela com a quina de baixo totalmente destruída, com interior da sala a mostra. Logo, ouvi passos acelerados vindos de dentro, então ele apareceu, todo suado, para me receber:

— Oi, beleza? Pode entrar, só não repara na bagunça.

Mas foi impossível não reparar.

Nada parecia ter lugar naquela casa. Na cozinha, poucos armários tinham porta, deixando à vista vários utensílios velhos e gastos, além da pilha enorme de louça suja na pia. A sala estava repleta de caixas cheias de papeladas e lençóis jogados por todos os lados, com uma camada espessa de pó por cima de tudo.

Chegando ao quarto, percebi que, na verdade, não era apenas um aposento, mas, sim, dois separados por uma estante de livros bem no meio em frente à porta. De um lado, vi um sofá-cama surrado, uma TV de tubo e diversos pôsteres nas paredes. Do outro, uma senhora dormia em uma cama cor-de-rosa. Ric explicou que era sua avó e disse para que eu não me preocupasse em não fazer barulhos, pois ela é meio surda.

Enquanto ele mexia na fiação da televisão, sentei no sofá e observei os pôsteres: **Linkin Park, Nirvana**. A maioria estava claramente velha, já se desfazendo ou caindo. Seu baixo branco estava encostado no sofá ao meu lado. Peguei-o e comecei a dedilhar qualquer coisa sem pensar. Ric virou-se de repente:

— Você também toca?!

— Não! — respondi, já devolvendo o baixo para onde estava. — Quer dizer, eu toco, mas não baixo. Toco violão e guitarra.

— Tá me zoando? Que maneiro! — o sorriso cresceu em seu rosto. — Quer a guitarra do meu irmão emprestada? A gente pode tentar tocar alguma coisa juntos...

— Não precisa, não! — me apressei em dizer antes que ele se levantasse. — Não precisa incomodar ele com isso.

Mas Ric já estava fora do quarto. Segui-o até o quartinho que usamos como despensa em nosso apartamento, mas aparentemente, na casa de Ric, ali mora seu irmão. Ric estava só com a cabeça enfiada para dentro da porta.

— Alex? Me empresta a sua guitarra?

De lá de dentro, veio uma voz estridente:

— Você tá chapado? Tá louco que eu vou deixar você relar nela!

— Por favor. É para um amigo! — Ric insistiu.

— Pior ainda, seu imbecil!

— Alex, por favor! Ele é guitarrista, não vamos estragar nada!

— Tô com cara de locadora de instrumentos agora? — Alex retrucou.

A conversa continuou assim por um tempo em que eu não sabia se eu tentava avisar Ric que eu não queria a guitarra ou se apenas saía do apartamento discretamente. Tenho que admitir que fiquei com medo do que poderia acontecer. Acho que chegou uma hora que a insistência de Ric foi tamanha que o irmão cedeu:

— Leva logo essa porcaria. E *ai de você* se essa guitarra voltar com um único arranhão! Manda esse seu amiguinho tomar mais cuidado com ela do que ele toma com a própria vida.

Ric voltou-se para mim com um ar triunfante e uma bela de uma *Les Paul* nas mãos. Sinceramente, se ela fosse minha, eu não a emprestaria por nada. Hesitei por instantes para pegá-la. Deve *realmente* custar a minha vida.

— Desculpa por isso, ele não é sempre assim, mas a namorada terminou com ele, sabe como é... — Ric tentou explicar. — Então, o que você curte tocar?

Eu toco muitas coisas, mas na hora minha mente ficou branca e eu simplesmente não consegui me lembrar de nada. Talvez fosse pelo fato de a situação da guitarra ser estranha ou talvez porque a *minha* situação ali era estranha. Sinceramente, o que eu estava fazendo no apartamento de um desconhecido?

— Vamos. Toca alguma coisa, qualquer coisa! Não precisa ser bom, eu também não sou... — ele tentava me convencer.

Eu devo ter encarado a guitarra por muito tempo, porque, de repente, ele já estava puxando o começo de *Adam's Song* em seu baixo e perguntando se eu conhecia. Eu conheço meia dúzia de músicas do *Blink-182* e por sorte *Adam's Song* está entre elas. Tentei acompanhar com a guitarra, o que foi difícil, porque eu nunca tinha tocado com mais alguém antes. Ele começou a cantar baixo e eu me senti na obrigação de cantar também. Geralmente, eu canto enquanto toco, só para não me perder na música, mas eu nunca canto na frente dos outros. Mas ele pareceu feliz comigo.

Demoramos mais ou menos uma estrofe para conseguirmos nos sincronizar e nos dessincronizamos mais algumas vezes, mas conseguimos chegar ao fim da música. Mesmo que *Adam's Song* seja uma música sobre solidão, gostei de tocar com mais alguém, como também gostei de tocar tantas outras músicas que vieram depois, desde Blues e *Beatles* até as músicas pop mais toscas que conseguimos lembrar. Foi incrível e o tempo passou voando. Só percebi como estava tarde quando a avó de Ric surgiu do nosso lado do quarto me convidando para o jantar. Eu não queria incomodar, então fui embora.

Ric parece ser um cara bem bacana, apesar de ser meio bobão e desajeitado. Sei lá, isso o faz mais divertido.

Bem, agora estou aqui, jogado em casa, escrevendo, porque não tenho mais nada para fazer.

Não contei aos meus pais sobre eu ter ido à casa de Ric, porque sei que eles vão pegar no meu pé para conhecer ele e a família e eu nem sei se sou seu amigo ainda. Pensando bem, acho que vou carregar este caderninho comigo para que minha mãe não ache. Não quero que ela leia sobre isso ou qualquer outra coisa da minha vida pessoal. Eu mereço pelo menos privacidade depois de ter sido arrastado para cá.

23 de agosto

"Just two lost souls swimming in a fishbowl.[2]"
Apenas duas almas perdidas nadando em um aquário.

Desde aquela tarde na casa de Ric, temos nos visto quase todos os dias. Tocamos música, vamos à locadora pegar jogos de videogame... Ric veio em casa em um dia desses para tocarmos, mas acabou que só ficamos de bobeira, o que não é necessariamente ruim. Sabe, "fazer nada" pode ser chato, porém "fazer nada" com alguém é bacana. Só batemos papo, e isso foi suficiente. Ele até deu um nome para o gato: JereMIAS, porque ele MIA. Pior piada que eu já ouvi, e olha que o Ric conta várias. Ele disse que era totalmente inaceitável um "pobre gatinho" sem identidade.

É claro que meus pais descobriram meu novo amigo (acho que já posso chamá-lo assim) e ficaram felizes. A verdade é que eu também estou. Ter alguém com quem conversar me livrou do tédio daquele apartamento nojento. Às vezes, eu até esqueço que não estou mais em São Paulo. Às vezes, eu nem penso mais em querer voltar. Às vezes.

25 de agosto

Logo as aulas vão voltar e eu estou mais confiante agora. É bom ter alguém que você já conhece ao seu lado, eu não vou estar sozinho no primeiro dia de aula — o qual já é suficientemente assustador por si só. Apenas espero que eu me enturme rápido e a escola não seja tão horrível quanto esse prédio. Ric disse que ela não tem nada de especial, mas é boa. Só que ele também disse isso sobre seu spaghetti, e eu ainda não sei como não vomitei depois de comê-lo. Em compensação, a sua vó fez o melhor bolo de banana que já comi.

— Traga mais esse garoto para casa, ele é uma graça! — ela berrou para Ric achando que eu não ia ouvir.

---

[2] Wish You Were Here, Pink Floyd, 1975.

Ric disse que estava economizando para comprar um aparelho auditivo novo para ela, mas perdeu seu posto de entregador de jornais há alguns meses e não arranjou outro emprego ainda. Seu irmão não pode ajudar agora. Ainda que tenha um emprego, não se desfaz de um único real. Ric me contou que Alex pretende investir e trazer mais dinheiro para casa. Talvez, abra uma empresa ou faça uma faculdade.

Talvez, eu faça uma também, algum dia.

"O que você quer ser quando crescer?"

Eu não sei o que eu quero, mas sei o que não quero: papeladas empilhadas em cima de uma escrivaninha. Às vezes, paro para pensar nesse cenário e concluo que, se isso acontecer, serei um adulto infeliz que não vê a hora de se aposentar.

E essa é a última coisa que quero ser quando crescer.

26 de agosto

"Faces come out of the rain, when you're strange.[3]*"*
Rostos aparecem na chuva, quando você é um estranho.

O primeiro dia de aula poderia ter sido muito pior. Não me fizeram falar meu nome em frente à classe — o que eu odiaria —, nem pediram para que alunos antigos me mostrassem a escola — o que eu odiaria mais ainda. Não estou na mesma classe de Ric, mas ele guardou um lugar para mim ao seu lado na cantina. Pareceu triste comermos na mesa só eu e ele. Acho que estou acostumado com a mesa animada e cheia de amigos de São Paulo. Pelo menos eu não fiquei sozinho, como provavelmente nós dois ficaríamos se não tivéssemos nos conhecido antes. Imagino se ele não tem no mínimo um colega, já que estuda aqui há dois anos. Isso não é tempo o suficiente para fazer amizades?

— O clima aqui não é tão acolhedor quanto em São Paulo.

Respondeu só isso, e eu preferi não tocar mais no assunto.

---

[3] People Are Strange, The Doors, 1967.

Adrenalina Rock

28 de agosto

Aula de Química já é um saco por si só. Agora, imagine que o professor tem a grande ideia de passar um trabalho em dupla, mas você não conhece ninguém da classe. Para melhorar a situação, você tem uma tremenda cara de antipático. Pois bem, essa foi a minha situação hoje. E não me agradou nem um pouco quando as duplas se formaram e sobraram só eu e um trio de meninas me olhando e cochichando.

— Não, não pode ser dupla de três — disse o professor antes mesmo que elas perguntassem algo.

— Claro que não, professor! A Andrea vai com o Will! — respondeu a de cabelo trançado, empurrando a loirinha e mais magricela em minha direção. Ela se chama Andrea. As três cobriram o riso baixo com as mãos. *Como são discretas.*

Quanto ao trabalho, pouco me importa a dupla, mas foi o que Andrea me falou ao bater o sinal que me deixou feliz de verdade:

— Então, sexta eu e as meninas vamos em uma festa de volta às aulas. Você, como aluno novo, está *superconvidado* para vir e conhecer um pouco do pessoal do colégio — ela balançava uma caneta com pompom ao falar. — Quem sabe você não usa essa oportunidade para se enturmar um pouquinho, né?

— Claro — não pensei duas vezes antes de aceitar o convite. — Eu posso levar alguém?

— Alguém... Por que não? — disse ela, o sorriso amarelo e os olhos denunciando a decepção. Entendi com quem que ela quer que eu me enturme.

— O Ric! — me apressei em corrigir. — Meu *amigo* daqui do colégio.

— Ah, obviamente! *Amigos* com certeza também estão convidados — o brilho voltou ao olhar. — Venham os dois, vai ser divertido — deixou um papel cor-de-rosa com o endereço sobre a carteira e foi embora.

Ok, deixe eu explicar. Normalmente, eu não vou a festas de desconhecidos, mas já está na hora de eu conhecer as pessoas daqui. Além do mais, isso vai ser bom para o Ric. Ele não deve ir para uma festa desde que as lembrancinhas eram bala de coco no papel crepom. Mas é claro que eu ainda não contei para ele que nós vamos. Ele iria ficar pensando nisso a semana toda.

30 de agosto

Talvez, eu devesse ter esperado até amanhã para conversar com Ric sobre a festa. Ele já está me deixando louco.

— A gente nem conhece ninguém! — ele soava desesperado.

— Eu conheço a Andrea — mentira, eu só sei o nome dela.

— Mas como a gente vai chegar lá? É do outro lado da cidade!

— É só pegar um ônibus, a gente chega rapidinho — mentira, o ponto mais próximo de lá é a uma boa caminhada de distância.

— Eu nem tenho roupa para ir! — seus olhos esbugalhados pareciam querer saltar.

— Essa roupa que você está usando já está ótima! — mentira, está toda suja e suada.

— Will, que ideia foi essa? Eu não vou nessa festa.

— Claro que vai, eu tenho certeza de que a gente vai se divertir — mentira. E das brabas.

Nos encaramos por um tempo, ele muito apreensivo, eu com aquele entusiasmo forçado. Então ele concordou em ir à festa, mas sob uma condição — que ele se recusou a me contar.

Acho que me arrependi de ter aceitado esse convite.

1 de setembro

Ontem foi a festa. Ric ainda não me ligou hoje e nem atende o telefone da casa dele. Acho que as coisas não seguiram o que imaginamos para uma festa divertida.

Pegamos o ônibus já atrasados, porque eu não sabia qual linha era a nossa. Depois de chegarmos ao ponto em que descemos, andamos muitas quadras escuras ladeadas por casas antigas, em um bairro dos subúrbios da cidade, e paramos na que parecia ser a mais velha delas.

E não haveria como ser outra casa: era única da rua com muitos carros estacionados, todas as luzes acesas e música alta.

Fico imaginando de quem é aquela casa. Não é possível que quem more lá vá todos os dias para um colégio do outro lado da cidade. Agora, também me pergunto se foram realmente as meninas da classe que organizaram aquilo ou se só nos convidaram como penetras.

Entramos sem bater — e ninguém perceberia se batêssemos. A casa estava lotada. Reconheci alguns rostos dos corredores do colégio, mas eles não notaram nossa chegada. Estavam entretidos começando a sentir os efeitos do álcool.

— Eu não sei se gosto muito desse tipo de festa... — nem bem entramos e Ric já reclamava.

Circulamos pela casa e resolvi procurar uma bebida, passamos por um corredor e vi as paredes sujas e mal cuidadas, os poucos móveis tingidos de poeira. Encontramos latas de cerveja na cozinha. Pego uma para mim e outra para Ric, mas o vejo devolvendo a sua para a mesa quando me viro.

— Por favor, vamos sentar um pouquinho.

Tive que aceitar, meus pés estavam me matando da caminhada. Entramos em uma sala de estar vazia, o sofá e cadeiras estavam ocupadas por bolsas e sacolas, então sentamos no sopé da lareira. Ric estava completamente vermelho e ainda ofegava.

— Vamos para o quintal, você precisa tomar um ar...

— Tem muita gente lá — cortou.

— É uma festa! É para a gente ver muita gente, e não para ficarmos ilhados na salinha das bolsas.

— Calma, cara... deixa eu só me recompor antes... — e se deitou no chão com os pés para dentro da lareira.

Dei uma andada pelo cômodo enquanto Ric recuperava o fôlego e me deparei com um estojo de violão prensado entre o balcão e a parede. Se o dono não se importava nem em guardá-lo com decência, com certeza não se incomodaria se eu o abrisse para dar uma olhada. Dentro dele, um belo folk não muito novo.

Passei a mão pelas cordas. Totalmente desafinado. Deitei ao lado de Ric com a cabeça para dentro da lareira e o violão no colo e comecei a afiná-lo.

— Vai tocar o que hoje, Keith Richards? — riu ele.

Segui a sugestão de Ric e comecei um riff de Keith. Ele assoviou alto, já fazendo o estardalhaço que gosta, marcando a batida com os pés contra o chão.

— *"I can't get no..."*

Minha voz ecoando pelas paredes da lareira,

— *"...satisfaction."*

e saindo pela chaminé.

— *"I can't get no..."*

Ric começa a bater mais forte

— *"... satisfaction."*

E eu, a cantar mais alto.

— *"And I try..."*

Ele me acompanha na voz.

— *"And I try..."*

O som do violão já mais solto.

— *"And I try..."*

A música crescendo.

— *"And I try..."*

Respiramos fundo, e ao expirar:

— *"BUT I CAN'T GET NO!"*[4]

E aí eu já não sabia se tocava, cantava ou ria junto de Ric. Aplaudi a nós mesmos, minhas palmas fazendo eco lareira acima. Talvez, eco até demais. Levantei a cabeça e vi que as palmas que ouvia eram de Andrea e sua amiga de trancinhas, Bárbara, paradas na porta.

— Você veio! — exclamou saltitando em nossa direção.

---

[4] Satisfaction, The Rolling Stones, 1965.

Achei que não havia mais alguém além de Ric ouvindo, senão não teria cantado ou tocado. Elas pareciam ter gostado.

— Eu não sabia que você tocava — Andrea continuou. — E muito menos que você tocava tão bem!

— Ah, valeu... — começava a dizer, mas Andrea não tinha acabado.

— Simpático, inteligente e agora também artista! Você nunca ia me contar isso?

— Eu não achei que fosse importante... — desviei o olhar ao dizer.

— Mal posso esperar até a galera saber disso! Você podia vir tocar para nós lá fora né?

Eu não esperava por esse seu pedido.

— É que eu não costumo tocar para mais pessoas...

— Você é tímido? — perguntou Bárbara.

— Não, amiga, ele é *misterioso* — corrigiu Andrea. — E eu adoro mistérios...

Eu não poderia estar mais constrangido naquele momento. Mas as coisas ainda iam piorar.

— Mas você não precisa ser tão misterioso, sabe? — continuou ela. — Você poderia fazer um *showzinho,* tem muita gente por aí que deveria conhecer seu talento.

— Mas ele vai — Ric entrou na conversa. — Digo, nós vamos.

— Vamos *o quê*? — perguntei sem entender.

— Fazer um *show*. Vamos participar do concurso da Semana Cultural do colégio.

Do que esse maluco estava falando?

— Que incrível! — entusiasmou-se Andrea. — Combina com você! Você tem cara de estrela dos palcos mesmo.

Onde eu podia esconder minha cara?

— Já já você volta para conhecer o próximo Jim Morrison, amiga — começou Bárbara. — Mas agora a gente pode ir ao banheiro, que é aonde a gente estava indo — disse já cruzando as pernas sobre o salto.

— Vamos — ela sorriu exibindo dentes bem brancos. — E depois, a gente encontra vocês dois lá fora, pode ser?

E saíram, deixando apenas Ric com cara de satisfeito me encarando. Eu, completamente chocado demais para levantar do chão.

— Então essa era a sua condição? Me colocar no palco do colégio? — perguntei.

Ele assentiu e eu me senti em uma cilada:

— Eu não estou de acordo com isso.

— Tá sim. Eu vim à festa. Agora, você cumpre minha condição — ele parecia certo do que dizia.

— Ric. Deixa eu te explicar uma coisa — certifiquei de que minha voz soava calma e clara. — A gente não vai subir naquele palco. A gente não tem nem repertório.

— A gente toca todos os dias há um mês. E ainda tem tempo até a Semana Cultural para nos prepararmos.

— Mas uma coisa é tocar só nós dois. Outra coisa é na frente do colégio todo, eu precisaria saber tocar bem para isso — argumentei.

— Tá me zoando? Você é o melhor vocalista que eu já ouvi ao vivo. Talvez, não o melhor guitarrista... — ele chacoalhou a cabeça. — Enfim, você é ótimo! Confia em mim. Você já tem até fãs, viu? — ele sorria com os cantos da boca aos dizer ao dizer.

— Do que você tá falando?

— Da Andrea, ué! Você não gostaria que mais pessoas ficassem felizes assim como ela quando nos ouvissem?

Pensei por dois segundos na proposta. Parecia medonho, mas tentador ao mesmo tempo:

— Okay, então eu topo. Mas não quero ser o Richards, quero ser o Jagger — brinquei.

Rimos até Ric anunciar:

— Okay, então vamos.

— Aonde? — tentei entender sua mudança repentina.

— Embora. A gente veio na festa, como você pediu. A gente se divertiu, como você pediu. A gente até socializou, como você pediu. Missão cumprida, né?

— Não é assim que se curte uma festa! — respondi. — A gente tem que ficar mais tempo, participar das coisas que estão acontecendo. A gente tá até agora na salinha das bolsas. Vamos lá fora.

— Por que você quer ir lá? — Ric parecia choramingar. — É onde as pessoas estão bebendo e ficando loucas. Aqui está tão tranquilo.

— Tranquilo não tem graça. Vamos curtir, ver gente, beber umas.

— Eu não quero beber umas, eu quero ficar tranquilo — bufou.

— Okay, então não beba. Mas vamos pelo menos ver como estão as coisas lá fora, curtir um pouco antes de ir embora.

— Tá — cedeu ele. — Mas não por muito tempo, a gente não pode perder o último ônibus.

E esse tinha sido o combinado que eu juro que tentei cumprir. Talvez, deveríamos ter ido embora mesmo. Vou tentar ligar para ele mais uma vez, espero que ele atenda.

2 de setembro

Ainda nem sinal de Ric. Meus pais devem ter percebido que aconteceu alguma coisa, porque estou passando mais tempo em casa. Perguntaram sobre a festa, mas, como eu falei que não tinha acontecido nada, pediram para eu tomar conta do gato. Tive que jogar mais um sapato fora por causa de Jeremias ontem. Peste.

Acho que vou passar no apartamento de Ric. Ele não pode ficar bravo comigo para sempre. A culpa não foi minha. Talvez um pouco, mas não foi minha intenção.

Acontece que, quando saímos da sala em que estávamos, o caos já estava começando. Espaço de menos e álcool demais. Todo mundo amontoado dançando e muita gente com cara de quem já tinha idade para já estar na faculdade.

A gente não sabia exatamente como se enturmar, mas não demorou muito até que as meninas aparecessem de novo, dessa vez com copos cheios. Falaram algumas coisas em que não prestei muita atenção, sobre o DJ, cerveja quente e quem uma terceira amiga tinha beijado. Logo, uma pequena roda de colegas se formou à nossa volta, e nós não conhecíamos ninguém. Eles conversavam alto entre balançadas no ritmo da música e muitos goles. Ric enxugava o suor das mãos e alternava o peso entre as pernas. E deveria ter percebido, a gente deveria ter ido embora.

Bárbara tirou o boné de Ric e colocou em sua própria cabeça, sorrindo. Ele se esforçou para sorrir também. Ele parecia bem, parecia estar se divertindo. Talvez, até mesmo se enturmando. E eu achei que não teria problema se eu fosse conversar com Andrea em algum outro canto, mas, se eu soubesse, eu não teria deixado Ric sozinho.

Talvez, tivessem se passado 15 ou 20 minutos desde que eu e Andrea saímos. Ela me contou que a casa é uma república universitária e percebi que nós não deveríamos estar lá mesmo. Como ela havia sido convidada? Quando nossos copos ficaram vazios, voltamos para a muvuca bem a tempo de ouvir um grito esganiçado:

— AAAAAAAAAH!

Nisso, só pude correr atrás de Andrea que reconheceu a voz de Bárbara e chamava pela amiga. Quando os encontramos, a cena era desastrosa. Três outras garotas tentavam acalmá-la, limpando seus sapatos e as pontas de seu cabelo rastafari, enquanto Bárbara respirava ofegante. Ao lado, Ric fantasmagórico, totalmente branco, a gola da camiseta encharcada de suor. Segurei seu braço antes que ele desabasse.

— O que aconteceu?

— Eu vomitei... — tentou responder com a voz mole, mas as palavras se tornaram em mais uma onda de vômito no chão.

Ajudei-o a se sentar na grama, cuidando para que ninguém que estivesse passando nos chutasse. Tentei procurar seu copo para descobrir o que ele andava bebendo, mas não o encontrei. Pensei que seria melhor que ele tirasse a blusa molhada, então emprestei a minha para ele e o vesti como se fosse uma criança. Seus braços molengas não tinham força nem para se sustentar. Então, ele apagou de vez.

Andrea me olhava incrédula, Bárbara já estava no seu quinto choro.

— Bárbara, o que deu nele? — tentei entender.

— Não sei — respondeu soluçando. — A gente só estava conversando quando percebi que a boca dele estava muito pálida. Ele disse que estava bem mas aí... — aí eu já via o resultado.

Eu não sabia o que fazer, ele não acordava. Tentei arrastar Ric para um local mais calmo, mas não foi fácil. Devemos ter a mesma altura, mas ele é bem mais encorpado do que eu — o que não é difícil, considerando que eu sou mais osso do que músculo. Ainda deitado, ele abriu uma fresta das pálpebras e não me olhou nos olhos.

— Você está bem?

E sua resposta foi apenas um aceno de cabeça. Eu não sei o que mais eu esperava. Obviamente ele não estava bem e precisava sair dali, mas não havia a menor chance de eu levá-lo naquele estado até o ponto de ônibus. E ainda por cima não conhecia ninguém dali.

Andrea apareceu e, dessa vez segurando sua bolsa.

— Estamos indo embora. Bárbara está fora do clima para festas — ela continuava em pé apenas nos olhando de cima. — O que ele tem?

— Não sei, preciso levar ele para casa. Você vai para onde?

— Zona sul... — respondeu.

— Não serve, a gente mora perto do colégio.

— O Marco também! Ele leva vocês — e antes que eu pudesse ao menos perguntar quem era Marco, ela já estava berrando e acenando para um cara ao longe.

Marco é um cara bem mais velho que a gente, todo tatuado. Tem idade para ser formado na faculdade, se é que foi a alguma. Chegou gingando, chamou Andrea de gatinha — o que me revirou o estômago — e arregalou os olhos ao ver Ric estirado no chão:

— Eu não sabia que o *Tampinha* era festeiro assim! — riu, depois se virou para mim. — E você é quem?

— Eu sou amigo da Andrea...

— Ah, sim. Andrea tem muitos amigos — ele riu mais uma vez, depois voltou a seriedade. — Não estou nem impressionado que o

Tampinha está nesse estado. Nunca teve cara de quem aguenta a birita mesmo...

— Espera, você conhece o Ric? — agora era minha vez de arregalar os olhos.

— Claro, o irmão dele, o *Pavio*, é meu parceiro. Mas faz tempo que tá sumido, esse cara é uma figura — rindo de novo, eu sem entender a graça das coisas, mas aliviado em saber que ele topou nos dar uma carona.

— Olha, mas só estou fazendo isso porque é o Tampinha! — começou. — E porque estou devendo uma para o *Pavio* desde aquele dia em que... nossa, aquele dia foi insano... — já ria mais uma vez sem terminar seu raciocínio, aquela risada molenga.

Arrastamos Ric até um Chevette velho e o derrubamos deitado no banco de trás, Andrea e Bárbara no nosso encalço.

— Ô, Marco, vê se não zoa os meninos no caminho. Eles são meus amigos — pediu Andrea. — E, Will, quero te ver tocando mais, tá?

As garotas entraram em outro carro e nós as perdemos de vista, deixando para trás a república ainda explodindo em som. Eu no carona, dirigimos alguns minutos em silêncio até Marco o cortar com um assovio:

— Noite das brabas. Por que eu nunca te vi nos rolês antes?

— Eu sou novo na cidade. Não tinha conhecido ainda o pessoal para ir em festas — respondi.

— Você tá me dizendo que é novo aqui e a primeira pessoa com quem saiu foi a Andrea? — perguntou desconfiado.

— Sim — fiquei confuso. — A gente estuda na mesma sala e ela me convidou, e achei que a festa fosse dela...

— Pode ter certeza de que toda a festa em que ela vai, a festa é dela. Pena que seu amigo cortou o barato dela, a noite estava só começando — e acelerou mais.

— O que você quer dizer? — perguntei, checando se Ric ainda estava apagado.

— Quero dizer que ela é um doce, mas cuidado para ela não ser sua má influência — acelerou então mudou a marcha quando o motor começava a berrar. — Mas quem sou eu para dizer? Eu também não sou nenhuma boa influência! — e pisou mais fundo no acelerador, rindo cada vez mais, as árvores passando depressa por nós. — Além do mais, ela não perde uma chance de fisgar um marinheiro — virou-se para mim e deu uma piscadela.

— Vocês dois já...? — me pareceu uma possibilidade estranha, mas quis saber.

— De jeito nenhum! — franziu as sobrancelhas e deixou o carro diminuir a velocidade. — Eu sou um marujo veterano dos mares! Não caio mais no conto das sereias. Eu estou em outros oceanos, parceiro. Quem está na rede dela são vocês...

Então, ele olhou para o banco de trás pelo retrovisor e exclamou:

— Olha lá, o Tampinha tá vivo!

Olhei para Ric, uma figura nem bem desacordada, nem bem desperta. Pareceu aliviado ao me ver. Sondou o ambiente a sua volta, os olhos apertados se protegendo da luz dos postes, pousando-os por fim no motorista:

— Marco? — pareceu incrédulo quando o viu.

— Eu mesmo. Estamos te levando para casa. Mas me conta aí: o que você usou que te deixou assim? Eu também quero.

— Nada — grunhiu Ric.

— É o que todos os tampinhas dizem. Relaxa, não sou pai de nenhum de vocês, mesmo que esteja parecendo. Dirigindo dois adolescentes de uma festa antes das duas da matina... estou virando um coroa mesmo!

Nisso já estávamos perto de casa e eu indiquei o resto do caminho. Ric não disse nada até chegarmos, mas parecia disposto o suficiente para sair do carro e andar sozinho. Marco parou em frente ao nosso prédio e se despediu:

— Um *Tampinha* e um *Palito* de volta a seus lares — pelo jeito, o *Palito* sou eu.

Marco deu uma última risada lenta, acelerando, e sumiu no meio da noite.

Ric nem tinha fechado a porta do carro, saiu arrastando os pés em direção à escada do prédio, levando sua camiseta vomitada na mão e com uma cara péssima de... bem... de quem tinha acabado de vomitar. Ofereci para que ele passasse em minha casa para comer algo e não chegar em seu apartamento naquele estado. Sem olhar para trás, negou.

— Tem certeza? Seu pai não vai ver problema em você estar assim? — insisti por preocupação.

— Ele não está em casa — não hesitou.

— E seu irmão?

— Ele não liga — a voz soou fria. Nem mesmo um olhar nos meus olhos.

Eu sabia que perguntar sobre sua avó seria besteira, ela malemal está acordada durante o dia, imagine de madrugada. Deixei-o subir no elevador sozinho e peguei as escadas. Pensei que poderíamos conversar sobre tudo no dia seguinte, mas até agora estou sem notícias dele.

Se eu soubesse que ele estava mal, nunca o teria deixado sozinho no meio daquela gente. Ou, melhor, teríamos ido embora assim que ele pediu. Mas eu não sabia, ele parecia bem. Mas eu deveria saber. Ele fica nervoso por poucas coisas, mas é claro quando fica. Eu deveria ter percebido.

3 de setembro

Eu vou me arrepender disso mais tarde, mas acho que é melhor assim. Talvez, isso me ajude a resolver as coisas. E Ric não poderia me evitar para sempre.

Cheguei cedo no colégio e fui direto na secretaria assinar os papéis. Depois, fui para a aula, sem nem ver Ric antes do sinal tocar. Eu estava me sentindo culpado, porém um pouco aliviado pelo que eu estava fazendo. Nós ainda não havíamos conversado desde a festa, e não havia nada que eu pudesse fazer quanto àquilo, mas eu sabia de uma coisa que poderia animá-lo.

Quando cheguei à cantina, no intervalo, ele foi a primeira coisa que vi. Era o único cara sentado completamente sozinho, encarando o nada. Ele me viu andando até o canto em que ele estava, mas virou os olhos e fingiu que não viu.

— Oi, irmão — eu disse.

Nenhuma resposta. Continuei:

— Não precisa falar comigo se não quiser, mas acho que você vai gostar disso.

Tirei a papelada da mochila e coloquei na mesa em frente a ele. Ainda sem me encarar, leu as palavras pelo canto do olho. Ao se dar conta do que era, puxou o papel para perto e leu mais uma vez, prestando mais atenção. Então, finalmente olhou nos meus olhos e converso comigo:

— Isso é verdade?

Assenti com a cabeça.

Ele me encarou seriamente sem dizer uma palavra. Não sabia se ele estava feliz ou prestes a me dar um soco. Olhou mais uma vez para o papel.

— Esse nome é uma merda — ele disse, jogando o papel de volta para mim.

— O quê?

— Se nós vamos participar de um concurso de música, precisamos de um nome mais maneiro do que "A dupla de Ric e Will". E não podemos ser só uma dupla!

— O que isso quer dizer? Você topa participar junto comigo?

Eu havia feito nossa inscrição pelas suas costas, pois era a sua condição para irmos na festa, e eu queria recompensá-lo pela noite anterior.

— Claro que vou, a ideia foi minha! — e pela primeira vez desde a noite passada, eu vi Ric sorrindo.

— Ótimo, cara! Achei que você estivesse bravo comigo... e não iria mais querer tocar.

— Não, está tudo bem agora. Eu tive... um sentimento ruim quando estávamos lá. Mas já passou.

Lara Bridi

— Você está de ressaca ou...?

— Não — ele virou a cabeça para o lado e não olhou para mim ao dizer isso, então rapidamente se voltou para mim de novo. — Precisamos de mais gente na banda.

Eu não acho que precisamos de mais ninguém. Eu e Ric nos damos bem e fazemos um ótimo som juntos. Para que trazer mais gente que só vai atrapalhar? Mas ele insistiu que precisamos de uma banda completa se queremos ter chances na competição.

— Mas não conhecemos nenhum outro músico — argumentei.

— Nós vamos fazer uma audição!

Esse entusiasmo típico de Ric consegue me deixar irritado às vezes. Por que não podemos fazer o que sabemos fazer? O tempo que vamos gastar nessa audição poderia ser muito melhor gasto com ensaios entre eu e ele. Mas era ele quem queria entrar nesse concurso e eu só estou fazendo isso por ele. Então, que se foda. Estou dentro.

13 de setembro

QUE PREGUIÇA.

Não quero nem levantar da cama. Só de pensar que hoje preciso ir à audição, quero fingir que morri. Minha mãe já veio bater na porta duas vezes para eu acordar, e Jeremias não para de arranhar a porta. Preciso levantar.

...

É isso. Temos novos membros na "banda". Eu os adoro? Não. Mas acho que nos demos melhor do que eu pensei. Tocam bem, mas vou só esperar para ver se não vai ser um saco trabalhar com eles.

Contei para a Andrea sobre a audição e ela decidiu colar anúncios nos murais do colégio. Ela mesma os desenhou — uma bateria, um teclado, um violão — e pintou com aquarela. Ficou maneiro.

No fim da aula, fomos para a sala de música, eu, Ric e Andrea veio atrás. O batera já estava lá, esperando. De cara, já deu para ver que ele não é daqui. Todo engomadinho. Camisa de botão passada, tênis de marca, cabelo dividido.

— Você veio para a nossa audição? — disparou Ric sem ao menos cumprimentar o cara.

— Acho que sim. Eu sou o David — respondeu baixinho. — Achei que estava no lugar errado, a sala estava vazia.

Realmente, não havia mais ninguém. Mas pelo menos tínhamos uma opção.

— Bem, David — comecei. — Você pode se apresentar, fica à vontade para fazer um som. O que você toca?

— Bateria — ele tinha bem mais cara de ser um violinista, mas eu não disse isso. — Que música vocês querem que eu toque?

— O que você sabe tocar? — retruquei.

— Que música vocês querem que eu toque? — ele repetiu, me encarando.

Não entendi se isso era um desafio. Não é fácil saber pela cara de playboy inocente, mas foi ousado. Olhei para Ric, ele deu de ombros. Andrea abriu a boca:

— O Will gosta de Rock!

David assentiu, tirando as baquetas da bolsa de couro. Sentou no banco, com muita postura e o rosto sério, como se estivesse em um recital clássico. Ele estendeu os braços e começou a tocar um ritmo seco e desigual, e em poucos segundos já sabíamos o que ele estava tocando: *Sunday Bloody Sunday*, do *U2*. Inconfundível. Mas, ao chegar no refrão, ele deu uma virada e começou a tocar algo mais veloz. Frenético mesmo, mas compassado. Atrás de nós, a porta abriu e uma menina baixinha entrou batendo forte os pés no chão. Ela não pareceu se incomodar com o barulho que fez, mas ficou quieta assistindo, atenta. Andrea a olhou feio.

David nem reparou que alguém tinha entrado, continuou focado na música. Assim que acabou, segurou os pratos para não vibrarem mais e voltou o olhar para nós. Ric aplaudiu:

— Eu adorei — ele disse com um sorriso.

Lara Bridi

Concordei, mas não pude evitar olhá-lo de cima a baixo. Como que esse engomadinho tem tanta manha? Eu disse:

— Você não estuda aqui — não foi uma pergunta, porque já sabia disso.

— Não, estudo em uma escola particular.

Olhando para ele, parecia óbvio.

— E como você ficou sabendo da audição? — eu estava tentando decifrar esse cara.

— Meu professor me contou — ele respondeu seriamente.

Ric sorriu para mim, o entusiasmo estampado na sua cara. Mas ainda tínhamos mais uma pessoa para ouvir.

— Okay — eu disse. — Gostamos muito da sua... performance. Você pode esperar aqui por alguns minutinhos até a audição acabar?

David assentiu e se sentou em um canto da sala. Ric se virou para a menina que havia acabado de chegar. Ela era quase menor que o estojo de instrumento que estava segurando.

— E você veio fazer o teste para...?

— Guitarrista — ela disse. — Eu sou a Lina.

Lina começou a tirar sua guitarra vermelha do estojo. Era velha, parecia ser de segunda mão. Ou terceira. Comecei a nos apresentar também.

— Eu sou Will, esse é o Ric. David acabou de fazer a audição e essa é a...

— Eu sou Andrea — interrompeu minha fala antes de eu terminar. — Oi, anjo! — ela disse com um sorriso, mas os olhos dela não sorriam.

Lina pendurou a correia no corpo e começou a afinar a guitarra rapidamente, sem desviar o olhar de nós.

— Ok. E o que eu devo tocar? Foo Fighters, como ele? — perguntou, indicando David com a cabeça. Ela tinha reconhecido a segunda música que ele tinha tocado. Eu não tinha.

— Fica à vontade para tocar o que preferir — respondi, enquanto ela conectava o cabo à caixa de som.

Ela balançou a cabeça e deu uma batida para baixo em todas as cordas abertas. Então começou a solar uma melodia. Começou grave em um ritmo forte. Lentamente, foi descendo pelo braço da guitarra e chegando a notas mais agudas, acelerando a cada compasso. Quanto mais descia, mais complexo ficava o solo, cheio de *slides, pull-offs* e *bends*. Fiquei bem... impressionado com a agilidade dela. Foi aí que percebi que ela não estava usando uma palheta, estava tocando com os dedos.

Ao chegar com a mão quase ao corpo da guitarra, o som ficou estridente, e as notas prolongaram em nossos ouvidos. Olhei em volta: Ric estava vidrado, Andrea revirou os olhos. E em um *bend* de mais de um tom — com certeza —, Lina parou de tocar e nos encarou.

Eu não soube o que dizer. Ela mandou muito.

— Isso foi incrível! — Ric bateu palmas, acompanhado por David.

Parei por alguns segundos, digerindo tudo e pensando na técnica de guitarra.

— Eu... não faria melhor — eu disse mesmo sem querer admitir a verdade. — Que música é essa?

Ela encolheu os ombros e apertou os lábios, tirando a guitarra dos ombros, e disse:

— Nenhuma. Eu dei uma improvisada.

Uau.

Isso foi uma facada em mim.

Olhei para a porta da sala, ninguém mais entrou. Eu e Ric pedimos para que os dois candidatos esperassem enquanto conversávamos em particular lá fora. Andrea veio junto. Ao fechar a porta atrás de mim, Ric já estava explodindo de animação:

— Nós vamos ganhar, Will! Eles são muito bons, vamos garantir esse concurso!

— Calma, cara... — falei baixinho. — Sim, eles são ótimos. Mas não vamos nos precipitar. Ainda vamos ensaiar juntos para ver a dinâmica e...

— E essa menina nem vai tocar com vocês — interrompeu Andrea.

Nós dois voltamos para ela sem entender.

— É óbvio, né? — ela arregalou os olhos. — Vocês não vão querer tocar com ela.

— Claro que vamos — disse Ric. — Ela é muito boa!

— Ela é muito metida, isso sim! — Andrea franziu as sobrancelhas e lábios, como um touro. — Ela é... arrogante! Vocês viram o que ela fez? Esse "improviso" todo chamativo em vez de tocar uma música normal, só para amedrontar vocês com o talentinho dela.

— Andrea — Ric falou seriamente. — Acho que você entendeu errado. Isso é uma audição, o objetivo é justamente mostrar o melhor de você.

— Mas ela não está mostrando, está se exibindo!

Ric tirou o boné e secou o suor do cabelo. Andrea não estava errada, eu de fato fiquei assustado com o que vi Lina fazer. Mas eu não acho que ela tenha feito com más intenções. Como Ric disse: ela tinha que demonstrar o seu melhor. Além do mais, Ric gostou dela e, no final das contas, estou fazendo isso por ele. Respirei fundo para dizer:

— Lina vai ensaiar conosco, sim.

— Mas, Will... — começou Andrea, mas eu terminei o que eu estava dizendo.

— Ela pode nos ajudar. Se ela realmente for um saco para trabalhar junto, como você está dizendo, aí ela está fora. Mas por enquanto, vamos dar uma chance a ela.

Andrea revirou os olhos mais uma vez, eu fingi que não vi.

— E David é muito técnico e tem um bom repertório. Então, ele está dentro também — conclui.

Ric sorriu e correu para a sala anunciar a escolha. Lá dentro, David e Lina já estavam arranhando um som juntos. David tocava a mesma música que tocou no final de sua audição, e Lina ouvia com atenção. Ao fim da frase, Lina começou o *riff* que me fez reconhecer que música estavam tocando. Ric não perdeu tempo, agarrou um contrabaixo da sala para os acompanhar e gritou para mim:

— Canta, vai!

Peguei um microfone da sala e conectei na caixa de som, ele fez um ruído ao ligar. Olhei para Lina e ela confirmou com a cabeça, então ouvi minha voz ressoando pela sala toda:

— "Hello, I've waited here for you... everlong".[5]

E tudo começou a soar harmônico. Alguns deslizes aqui e ali — eu mesmo não sabia a letra completa de cor —, mas eu senti como se cada um de nós estivesse se encaixando na música.

Não é como se nós tivéssemos outras opções, afinal, David e Lina foram os únicos a vir na audição. Ainda assim, são boas opções, musicalmente falando. Pode ser que tudo dê certo.

15 de setembro

"You can't always get what you want.6"
Você não pode sempre ter o que quer.

Eu sei que chamei David de *playboy*, mas na real eu não imaginava o quão rico ele é. Eu só fui entender a grana quando eu vi a casa dele.

O colégio não permitiu que nossos ensaios fossem sempre na sala de música. Vai atrapalhar as aulas, não seria justo com as outras bandas do concurso e blábláblá... E precisávamos de um local com uma bateria, já que não dá para o David carregar a dele para os lugares. Então, nós vamos até ele.

David mora longe. Muito longe. Nossa sorte é que seu motorista — sim, ele tem um motorista — nos deu uma carona. Percorremos alguns quilômetros em redondezas que eu não conhecia até que o motorista embicou o carro em um portão, acionando-o com o controle remoto. Atrás das portas, surgiu uma rampa enorme que subimos até o topo. Lá em cima, a casa de David parecia um palácio sobre o Olimpo. As janelas enormes que subiam pelas paredes; as cortinas finas flutuando atrás dos vidros; tudo branquinho.

---

[5] Everlong, Foo Fighters, 1997.
[6] You Can't Always Get What You Want, The Rolling Stones, 1969.

Olhei para Ric e sua mandíbula estava caída enquanto ele admirava a casa. Ao perceber que eu estava vendo, ele fechou a boca e disse:

— Aposto que se você ficasse em pé nos meus ombros, ainda assim passaríamos pela porta.

E ele tem razão.

David entrou. Eu, Ric e Lina atrás. Caminhamos pela sala e tive medo de que meus tênis deixassem marcas no piso de mármore brilhoso. Lina anda batendo seus coturnos pesados no chão e pensei que, se minha mãe estivesse lá, Lina levaria uma bronca por não tomar cuidado.

Chegamos a uma sala e lá estava a bateria, além de um piano muito polido. Esse era o nosso local de ensaios, a quilômetros de casa. Muito mais fino do que eu poderia imaginar.

Nosso primeiro ensaio não foi bem o que gostaria de chamar de um ensaio. Precisamos escolher quais músicas tocar e passamos a maior parte do tempo discutindo isso:

— Então, qualquer gênero vale, desde que seja Rock — disse Ric.

Não que isso limite nosso repertório. Experimentamos um pouco de tudo, punk, clássicos e até indie. Nossa sorte é que David conhece qualquer coisa que sugerimos e sempre tem uma partitura na mão. Com um pouco de improviso, tiramos várias músicas. Lina encontra as notas mais rápido do que nós, então seguimos o que ela está tocando como guia. O problema começa a aparecer com canções mais complexas. Às vezes, nos perdemos no meio, erramos a contagem ou os acordes. Mas, no geral, o som saiu bom para um primeiro ensaio. Porém, ainda temos uma questão: não decidimos que música vamos tocar.

23 de setembro

Não acho que vamos conseguir tocar no concurso, os ensaios não estão indo bem. Nossos horários não batem, David tem sempre algum tipo de compromisso: aula de golfe, curso de francês, decolagem para a base lunar. E com o vestibular chegando aí, precisamos estudar.

Os poucos ensaios que fizemos também não renderam tão bem. Lina quer tocar um metal pesado cheio de escalas diferentes, para impressionar. Ric acha que estamos mais garantidos em um pop-punk, pois é mais simples de tocar — o que é importante, considerando que ensaiamos pouco. Eu tenho a impressão de que um Rock clássico iria agradar mais a plateia. David concorda com tudo e todos, o que também não ajuda na decisão. O fato é que precisamos escolher apenas uma música, mas nem isso conseguimos fazer.

Era tão mais fácil quando tocávamos apenas eu e Ric. O silêncio de David faz parecer que ele não faz questão de nada, e estou ficando exausto em ter que insistir para que ele diga sua opinião durante os ensaios. Lina também está me dando nos nervos. Toda vez que começo a tocar guitarra, ela tem alguma correção: a escala não é essa, esse acorde é em outra forma, sua afinação está errada. Ela pode até estar certa sobre todas essas coisas, mas ela não me dá um minuto de paz. Disse isso para Andrea e ela disse que dá para ver nos olhos de Lina o quanto ela é arrogante. Não acho que esse seja o caso. Lina não é grosseira. Ela só não consegue ouvir uma única nota fora do tom sem dizer algo.

Ric fez um sinal com a mão durante um dos ensaios quando me irritei com a banda. Percebi que eu estava rangendo os dentes já. Respirei fundo, relaxando a mandíbula, e vi que Ric secava o suor debaixo do boné com as mãos. Não está fácil para ninguém.

25 de setembro

Temos pouquíssimos ensaios até o dia do concurso, o que quer dizer que nosso tempo para estarmos certos do que queremos fazer está acabando. A cada ensaio, o andamento é um pouco melhor que o anterior, mas o fato de não conseguirmos alinhar nossas ideias é sempre um fator que nos atrasa. Vejo Ric arrancando o couro dos dedos com os dentes todos os dias na escola e consigo o ouvir ensaiando sozinho à noite, no prédio. Andrea está muito positiva de que vamos ganhar, mas ela não viu nossos ensaios. Puro otimismo.

Eu não vou ser o desmancha prazeres e dizer que não temos chance alguma de ganhar. Afinal, eu nem conheço as outras bandas participantes para saber se elas são boas. Mas vou ser realista: ainda que nós sejamos músicos com bons instrumentos, estamos longe de conseguir fazer uma performance memorável. Quando eu e Ric tocamos juntos, a gente tem conexão. Com os outros, isso não existe. Eu sei disso porque quase não nos olhamos nos olhos durante os ensaios.

Eu sei que para o Ric é mais importante participar do que ganhar. Mas eu me sentiria envergonhado em tocar algo medíocre na frente das pessoas — ainda mais porque eu sei que vai ter muita gente que eu conheço nos assistindo. Andrea contou para o colégio todo que vamos competir. As pessoas escutam o que ela diz, então sei bem que, se ela convidou, as pessoas vão aparecer. E esse é o meu medo.

26 de setembro

Chegando à casa de David, Ric começou a falar antes mesmo que pegássemos nossos instrumentos:

— Olha, galera, que tal se hoje a gente tivesse o ultimato de que músicas vamos tocar? Assim podemos focar no que precisa ser ensaiado e...

— Por que não *Sweet Child O' Mine*[7]? — interrompeu Lina.

— Porque são 6 minutos intermináveis de música e a gente sempre se perde no meio — respondeu Ric.

— Mas a gente pode treinar e não vamos mais nos perder — retrucou ela.

— Lina — comecei. — Nós não temos mais todo esse tempo para treinar. O concurso é em menos de uma semana, vamos ser realistas. Precisamos de músicas que nós vamos dar conta e que o público não enjoe depois dos primeiros três minutos.

Ela ficou nos olhando quieta. Eu sei que ela estava julgando que nós não conseguimos tocar a música inteira, porque ela consegue.

— Eu pensei em *There Is A Light That Never Goes Out*[8] — sugeri.

— Mas essa é bem... depressiva, né? — disse Ric.

---

[7] Guns N' Roses, 1988.
[8] The Smiths, 1986.

— É — concordou David. — Se a questão é escolher uma música que o público se entusiasme em assistir, não vai dar certo.

Ele tem razão. Morrissey consegue ser um baita inimigo da felicidade.

— Precisamos de uma música mais animada — apontou Ric. — Para o pessoal poder pular. A gente conquista o público assim.

— Você acha que alguém vai querer dançar enquanto tocamos? — perguntei.

— Aposto que você fica bem na pista de dança — David respondeu.

Eu não estava entendendo. Esse nerdola estava tirando uma com a minha cara?

— O que? — indaguei.

— *I Bet You Look Good On The Dancefloor*, Arctic Monkeys — explicou ele.

Todos nos entreolhamos. Sabíamos que canção era, mas havia um problema e Ric o lembrou:

— Mas nós nunca tocamos essa música.

— Pensem bem — David argumentou. — Não é uma música tão difícil. Se nós focarmos apenas nela, podemos tocar até lá. Ela tem duas guitarras, o que é perfeito para Will e Lina. Tem um ritmo acelerado e é atual, muitas pessoas vão conhecer e ficar animadas.

Agora, o *playboy* começou a falar. É arriscado escolher essa música sem nunca a termos tocado? Sim, mas David tem bons pontos.

— Eu topo — atirei no escuro.

Lina e Ric hesitaram por alguns segundos antes de concordar. Estamos inseguros, sim. Mas pelo menos agora não vamos mais perder tempo. O grande dia está chegando.

29 de setembro

Minha mãe ficou sabendo do concurso. Merda. Eu não tinha contado para os meus pais, porque eu sabia que eles iriam fazer questão de assistir. Mas alguém contou para eles, talvez algum professor.

45

Minha mãe ficou empolgada, disse que estava muito orgulhosa em me ver fazendo amizades... meu pai também, mas perguntou se eu estava tendo tempo para estudar apesar dos ensaios. Eu disse que sim, mas não é bem verdade. Terei vestibular no final do ano e não estudei nem para metade das disciplinas.

Preciso ir para a aula agora, e depois teremos nosso último ensaio. Precisamos estar seguros e confiantes para amanhã.

...

Os pais de David não estavam na casa, mas a mãe dele comprou uma caixa de bolachas caseiras e deixou para nós com um bilhetinho: "Bom ensaio e boa sorte". Estavam ótimos e acredito que ajudaram a aliviar um pouco da tensão da banda. Nossos últimos ensaios foram exaustivos. Tocar apenas uma música durante horas se torna maçante. Mas o esforço vale a pena, já estamos nos saindo muito melhor do que antes. Não vamos passar vergonha. Ric voltou para casa sorrindo.

30 de setembro

Encontrei Ric de manhã no colégio antes das aulas começarem. O colégio leva bem a sério a Semana Cultural, então todos os corredores estavam decorados com cartazes coloridos, e em todos os intervalos alguns alunos se apresentaram com danças e cenas teatrais. Fiz um esforço para tentar abaixar as molas do cabelo com gel e cheguei carregando o estojo da guitarra nas costas. Ric me encarou sem dizer uma palavra, os olhos fundos e a boca seca. Não acho que ele tenha dormido na noite passada.

— E aí, cara? Você tá com uma cara péssima — eu falei.

— O concurso é hoje — disse ele, constatando o óbvio.

Olhei em volta e percebi que ele carregava apenas a mochila:

— Irmão, cadê o seu baixo?

— Eu esqueci — ele respondeu, com a voz trêmula.

Ótimo. Respirei fundo para raciocinar a situação. Ric estava claramente atordoado, porque sabia que não haveria tempo de pegar o ônibus para ir para casa buscar o baixo a tempo da nossa apresentação.

— Eu não vou poder tocar — sussurrou com a voz ofegante.

— Vai sim — afirmei. — Vamos dar um jeito. Podemos pegar um baixo de outra banda emprestado, ou...

Nesse momento, ouvimos as solas das botas de Lina batendo no chão, enquanto ela se aproximava.

— Tenho uma boa notícia — anunciou ela sorrindo. — Olhei a lista dos outros concorrentes e temos uma dupla sertaneja, um coral amador, uma solista de saxofone e o quarteto de cordas da orquestra jovem. Ou seja, nenhuma banda de Rock. Somos os únicos!

Ric me olhou, aflito.

— Lina, essa é uma ótima notícia. Porém, temos um probleminha — comecei a explicar.

— Eu esqueci o baixo — disse Ric.

— E se nenhum dos nossos concorrentes são bandas, isso quer dizer que...

— ... ninguém vai ter um baixo para emprestar — completou ela. — Merda.

Nós três nos encaramos por alguns segundos, o suor escorrendo pela testa de Ric. Então, Lina nos lembrou do contrabaixo da sala de música, que usamos no dia da audição.

— Mas ele é muito acústico — Ric falou. — Não vai funcionar. Precisava ser o meu baixo.

— Ric, não dá tempo para a gente ir buscar ele agora — falou Lina.

— Se nós tivéssemos um carro, dava... — Ric lamentou.

Foi aí que me dei conta que nós não tínhamos um carro, mas nosso amigo *playboy* tinha.

— Precisamos ligar para o David — eu disse. — Antes que ele chegue aqui. Ele pode passar na sua casa para pegar o baixo.

Ric manteve o olhar estático, então abaixou as sobrancelhas em sofrimento.

— Não acho que seja uma boa ideia — falou. — Meu irmão precisaria entregar o baixo para o David.

Conhecendo Alex, eu entendia por que isso seria um problema. O irmão dele não gosta de ser incomodado. Ou interrompido. Ou de ter contato social no geral.

— Mas é a chance que temos — insistiu Lina.

Ric pensou sem dizer nada e, após alguns segundos, concordou. Dividimos o grupo em dois: eu fui à sala de música procurar o contrabaixo como plano B, enquanto Lina e Ric foram telefonar para o David na esperança de que ele estivesse em casa.

Passei me esgueirando entre os estudantes nos corredores. Em cada canto, via alguém ensaiando falas, ou dando últimos retoques em maquiagens, ou afinando instrumentos, tudo para a Semana Cultural. Um clima bem diferente do humor monótono que costumamos ver no colégio. Está mais vivo. E mais caótico também.

Cheguei à sala de música e a porta estava fechada. Coloquei o ouvido contra ela para ouvir, mas não consegui escutar nada. Segurei a maçaneta e a virei lentamente, abrindo apenas uma fresta da porta para que eu pudesse olhar lá dentro. A sala estava cheia. Muitos alunos estavam sentados no chão, em silêncio, enquanto uma estudante falava, em pé, bem no meio da sala. Alguém que estava próximo à porta olhou para trás e franziu o cenho ao me ver.

— Shhhhhhh!

— Eu preciso pegar o contrabaixo — sussurrei.

— Não tem nenhum instrumento aqui — respondeu. — Estamos usando a sala para um sarau de poesia, então a direção levou todos embora.

Merda. Fechei a porta com cuidado e corri para a sala da direção, desviando dos grupos de alunos amontoados pelos corredores. Quando me aproximava da sala, senti uma mão puxando meu braço. Era Ric. Parei no meio do corredor e comecei a explicar:

— Irmão, levaram os instrumentos da sala de música...

— Tá tudo bem — ele me interrompeu. — David está vindo. Ele vai trazer o baixo.

Instantaneamente, fui coberto de alívio. Ric sorria.

Corremos para encontrar com David no estacionamento. Ficamos em pé, na expectativa e conferindo nossos relógios durante uns 10 minutos, até que vimos seu carro reluzente e de vidros escuros dobrando a esquina. Ele se aproximou e esperamos que David saísse do carro, mas a porta abriu com violência e ouvi uma voz áspera e familiar falando alto, e do carro surgiu uma figura muito mais alta e intimidadora.

— Você não me disse que tinha uma bandinha! — era Alex.

Ele levantou do banco e foi em direção a Ric, sem cumprimentar o resto de nós. David saiu atrás dele, com os olhos esbugalhados e o baixo nos braços.

— Galera, eu disse para ele não vir, mas ele disse que não ia entregar o baixo se não viesse — David tremulou a voz.

— Cala a boca, tio patinhas — cortou Alex e falou com Ric novamente, que tinha estampado em seu rosto que não esperava ver o irmão hoje. — E aí? Vão tocar o quê?

Ric engoliu seco e gaguejou ao responder:

— É... *Arctic Dancefloor*.

Alex franziu o nariz ao ouvir e olhou Ric de cima a baixo. Ele estava vermelho e o suor pingava de seu boné. Acho que Alex percebeu como seu irmão estava nervoso, então suspirou e revirou os olhos.

— É foda... Pega seu baixo e vai — falou em tom ríspido. — E da próxima vez, faça o favor de avisar das suas apresentaçõezinhas!

— Você vai assistir? — perguntou Ric.

— Óbvio — respondeu.

É como se eu pudesse sentir as glândulas de Ric produzindo mais suor naquele momento. Ele não esboçou nenhuma reação, mas a tensão ficou no ar. Agarrei Ric pelo braço e a banda se dirigiu ao ginásio do colégio. Estava chegando a hora.

Atrás das cortinas, começamos a afinar nossos instrumentos. Um membro do conselho estudantil veio conferir nossa presença:

— Banda do Ric e Will, estão aí?

Levantamos as mãos. Ele ajustou os óculos no rosto e olhou para nós, confuso.

— E quem são esses outros dois? — perguntou, apontando para Lina e David.

— São da banda — respondi. — Adelina Suzuki e David Cavalcanti. Vão tocar com a gente.

— Eles não constam na inscrição.

Não havíamos pensado que isso poderia ser um problema.

— Eu fiz a inscrição antes da audição para a banda, eu ainda não sabia quem faria parte dela — expliquei.

Ele observou sua prancheta por alguns segundos, conferiu o relógio, assentiu e disse que poderíamos subir no palco assim que os outros concorrentes saíssem.

Ouvimos os aplausos vindo da plateia, então dois caras vestidos de caubóis desceram do palco para os bastidores.

— Boa sorte — disse um deles, sorrindo, quando passamos para subir ao palco. — A galera está animada.

Seu comentário já me deu um pouco mais de energia para estar lá. Passamos pela porta e a luz dos refletores me cegou por algum momento. Então, foquei meus olhos e vi o auditório repleto de estudantes, todos nos olhando. Alex estava com os braços cruzados em um canto. Bem na frente, estavam Andrea, Bárbara e outras amigas.

Olhei para a banda. Lina balançou a cabeça, Ric fez um joia com a mão.

— Quando quiser — disse para David.

Não pude ignorar o fato de que foram corridos os ensaios e tocamos a música completa poucas vezes. Acho que essa mesma insegurança assombrou os outros também. David, que estava atrás de nós, passou o olho por todos e retribuímos o olhar. Com a ponta das baquetas, ele marcou o ritmo três vezes, então começamos.

Os poucos minutos que duraram a música passaram com um piscar de olhos e o som dos nossos instrumentos me soou como um eco a distância. Não me lembro de ter respirado. Foi apenas uma descarga elétrica passando pelos meus braços e peito.

Quando dei por mim, já estava ouvindo os aplausos, encarando a multidão. E é uma sensação muito boa. As palmas encheram o auditório todo em um único estrondoso ruído e eu soube que tinha cumprido uma missão. Não porque o público gostou, mas porque Ric não conseguia esconder o próprio sorriso. O suor pingava de sua testa e ele nem se incomodou em limpar, apenas olhava para a arquibancada e ria.

Aproveitamos os aplausos até que o membro do conselho nos chamou para voltar aos bastidores. Saímos pelo fundo e, só quando chegamos lá atrás, foi que o ar voltou aos meus pulmões.

— Ufa — disse, e todos suspiraram também.

Todos nós nos parabenizamos. O membro do conselho voltou. Ele nos olhou com seriedade, encarou David por alguns minutos e depois foi embora. Não entendi por que ele estava sendo tão estranho com a gente.

Enquanto organizamos os instrumentos, Andrea entrou nos bastidores com Bárbara ao seu lado.

— Arrasaram! — ela elogiou, me abraçando.

— Animou a galera, viu? — comentou Bárbara ao fazer uma dancinha e completou rindo. — Ficaram muito bem na pista de dança.

Todos rimos, satisfeitos e sabendo que era verdade. Então, Andrea nos avisou:

— Tem gente esperando para ver vocês lá fora, vocês não vão sair?

Pensei que sabia do que ela estava falando. É óbvio que meus pais iam estar lá para ver. E realmente estavam. Quando os encontrei, de volta ao auditório, não paravam de dizer o quanto estavam orgulhosos. Mas eu ainda não tinha parado para pensar em quem mais estaria lá pela banda.

Primeiro, vi David cumprimentando o regente da banda escolar. Pareceu que se conheciam bem. Depois, David me explicou que ele era seu professor de percussão que o havia avisado sobre as audições. Ele conversou com David como um treinador de boxe conversa com o atleta no ringue. Pude ver que estava dando orientações sobre como tocar. Lina abraçou seus irmãos, os dois com seus uniformes de baseball. Acho que um deles está na faculdade.

Então, vi Alex se aproximando de Ric e, junto dele, seu pai e a vovó. Ric abriu a boca sem saber o que dizer quando os viu.

— Mandou bem, Tampinha — disse Alex.

O pai deles é um homem grandalhão de bigode que tem as mesmas bochechas rosadas de Ric. Ele se aproximou do filho e o abraçou, dizendo com sua voz grave e profunda:

— Você foi muito bom e muito corajoso por estar na frente de toda essa gente.

— Obrigado... — respondeu. — Por que vocês estão aqui?

— Viemos te assistir — disse o pai.

— Você não avisa nada para a família, né? — disse Alex.

— Eu achei que ia atrapalhar o dia de vocês vir até aqui — desculpou-se Ric.

— Você estava lindo — disse vovó, apertando as bochechas de Ric. — Da próxima vez, toca uma da igreja.

Todos riram.

Acredito que tivemos um resultado muito positivo. Não foi fácil, mas foi bom. Não me lembro muito do que aconteceu no palco quando tocamos a música. É como se meu corpo estivesse em conexão com a guitarra e minha mente não pudesse se voltar a outras coisas. Até mesmo o público não passou de um borrão colorido quando começamos a tocar. Mas Lina disse que seus irmãos filmaram tudo e vamos assistir essa semana.

Estou aliviado que finalmente realizamos essa apresentação. Sinto que a pressão saiu de nossos ombros. Se todos sentirem o mesmo que eu, foi uma missão cumprida.

 Adrenalina Rock

1 de outubro

*"But If you try sometimes, You just might find
You get what You need.⁹"*
Mas se você tentar, às vezes, você pode descobrir
Que consegue aquilo que precisa.

Uau.

Acho que só agora consegui realmente digerir tudo o que fizemos. Botamos para quebrar.

Depois da aula, David nos buscou no colégio, como sempre, e Lina levou a câmera de seus irmãos. Nem mesmo ela havia assistido ao vídeo ainda, pois queria ver pela primeira vez conosco. Na sala de TV de David, ele ligou um projetor que exibiu a imagem em uma tela branca, como se fosse um cinema, só que em casa. Tem até uma pipoqueira, que espalhou o cheiro de manteiga pela casa toda. Sentamos nas poltronas — cada uma era maior que o sofá de casa — com nossas pipocas e esperamos a gravação começar.

— Câmera rolando — pudemos ouvir a voz do irmão de Lina, que estava com a filmadora na mão, entre o burburinho da plateia.

Na imagem, apenas o público e o palco vazio. Então, surgimos pelo fundo do palco, com nossos instrumentos.

— Ali, ela! — diz o outro irmão, enquanto a câmera dava um zoom em Lina.

Alguns segundos se passam e ouvimos David marcando os compassos da música no vídeo. A câmera enquadrou a banda novamente. Aí sim, começamos a tocar a música.

Enquanto eu estava no palco, a adrenalina me sedou, de certa forma, e não consegui absorver nossa própria performance. Agora, foi a primeira vez que de fato vi o que eu tinha vivido. E eu gostei.

A música soou exatamente como eu me lembrava de senti-la: forte e frenética. Nosso ritmo estava certeiro. Apesar de ser difícil para

---

⁹ You Can't Always Get What You Want, The Rolling Stones, 1969.

53

mim reconhecer a minha própria voz em uma gravação, senti que eu fiz um bom trabalho como vocalista. Mas o que mais chamou minha atenção não foi a banda, e sim a plateia. O público não apenas assistiu atento, como também aproveitaram o momento. No vídeo, pude ver estudantes dançando e professores batendo os pés no chão, conforme a batida da música; algumas pessoas se contentaram em se balançar de um lado para outro, já outras cantaram alto o refrão como se estivessem em uma festa. Um grupo de alunos fingia tocar a música, com guitarras imaginárias; outros se debatiam em uma roda-punk que logo foi dispersada pelos professores; alguns tiravam fotos e mostravam para os amigos, enquanto outros reviram os olhos e cochichavam no ouvido dos colegas. Ao fundo, vi meus pais batendo palmas juntos. À frente, Andrea dançava e suas amigas seguiam seus passos.

E foi nesse momento que eu entendi o que estávamos fazendo. Entendi por que Ric deu importância a essa oportunidade. Entendi a recompensa de tantos ensaios e dores de cabeça que a banda passou. Entendi que não é só sobre treinar para ser o melhor, nem sobre ganhar esse concurso.

Entendi sobre o que é a música.

A música é sobre o público. É sobre o que as pessoas sentem quando a ouvem. É ver a exaltação — ou desprezo — estampado no rosto de quem assiste. E isso torna as coisas reais. No ensaio, a música ainda não é real. Sem plateia, somos só quatro adolescentes fazendo barulho. No palco, somos uma banda, porque, apenas pelo som, conseguimos tocar nas emoções de alguém — e isso comprova que a música é realidade.

No vídeo, terminamos de tocar e os aplausos se tornaram apenas um chiado na caixa de som. Olhei para a galera na sala e não podia negar que todos estavam felizes com a performance. David puxou uma salva de palmas e seguimos seu comando, rindo e assobiando. Talvez, tenhamos chances até como primeiros colocados, quem sabe? Enquanto comemorávamos, pensei em todos os desafios que passamos até aqui, desde a audição, os ensaios, até o incidente com o baixo de Ric. As pessoas assistindo não sabiam de nada disso. Elas não nos conheciam, talvez nem ao menos soubessem nossos nomes. Ainda assim, o público vibra com a música, cada um à sua maneira, e essa vibração é como uma corrente elétrica que percorre a arquibancada e chega ao palco, passando por nossos pés e descarregando nos instrumentos nas nossas mãos. Não dá para ver as faíscas, mas eu te garanto que elas estão lá.

Ontem, vivi tudo isso por causa de uma música que não é minha. Agora, imagine que as pessoas respondessem dessa forma a uma música que você mesmo compôs — que diz as coisas que você pensa. Deve ser uma sensação ainda melhor e aposto que é assim que os grandes astros do Rock se sentem todos os dias. Saber que as pessoas ali se identificam com você e entram em sintonia com aquilo. Um dia eu quero ter essa sensação.

2 de outubro

"We are the young ones crying out, full of anger, full of doubt. And we're breaking all of the rules, never choosing to be fools."[10]

Nós somos os jovens bradando, cheios de ira, cheios de dúvida.

E nós estamos quebrando todas as regras, nunca escolhendo ser tolos.

Eu sabia que tinha acontecido algo de errado. O cara do corpo estudantil não escondeu sua desconfiança e eu reparei. Eric, o nome dele.

Hoje foi o último dia da Semana Cultural da escola, o que quer dizer que é o dia de anunciar os ganhadores do concurso musical. O colégio ainda estava no fervo com as últimas mostras culturais, performances e exposições. Eu, Ric e Andrea estávamos no auditório esperando para assistir à Bárbara dançar, quando Eric apareceu atrás de nós, na arquibancada:

— Psiu! Eiiii, psiu! Will e Ric!

Olhamos para trás e o vimos fazendo um sinal com a mão para que o seguíssemos. Tentei perguntar o que era, mas ele insistiu para que nós saíssemos de lá com ele e sua cara não era de tranquilidade.

---

[10] Breaking All The Rules, Peter Frampton, 1981.

Avisamos a Andrea que tínhamos uma emergência e saímos sem entender o que estava acontecendo.

Fora do auditório, ele nos puxou para um canto e começou a falar seriamente:

— Vocês devem lembrar que sua ficha de inscrição estava incompleta, não constava o nome de todos os membros da banda.

— Sim, mas isso não deveria ser um problema — respondi.

— Não deveria ser — continuou. — Mas vocês também não mencionaram que um dos membros da banda não é estudante do colégio. Então é, sim, um problema!

— Como assim? — perguntou Ric com a voz tremulante, já tirando o boné.

Eric respirou fundo e ajustou os óculos sobre o nariz.

— O baterista, David Cavalcanti, não é matriculado nesta escola — disse expirando. — E os membros do corpo estudantil que estavam no júri não gostaram disso, pois é um concurso escolar. Vocês vão ser desclassificados.

— O quê? — exclamei. — Isso é ridículo!

— Eu sei — respondeu ele, tentando nos acalmar. — Eu tentei conversar com eles, mas...

Ric parecia que tinha murchado como uma fruta velha. Seus olhos encaravam os tênis e ele ficou calado. Essa notícia significa que todo nosso esforço não valeria de nada.

— Por que você não nos disse isso antes? — perguntei a Eric.

— Eu não sabia o que dizer, o regulamento não deixa muito claro quem pode participar ou não.

O que ele disse me despertou um súbito interesse. Eu não conhecia esse regulamento, mas ele poderia ser nossa salvação. Ric se mexeu finalmente e murmurou em sua voz pesada:

— Quer saber? Deixa para lá. A gente não tinha chance de ganhar mesmo, não era para ser...

— Deixa eu ver esse regulamento — cortei-o, antes que fosse tomado pela derrota.

Adrenalina Rock

Eric folheou sua prancheta e puxou um maço de papel timbrado com longos parágrafos digitados. Tomei-o da mão dele e passei os olhos rapidamente pelo documento até encontrar a seguinte frase:

> "Todo estudante do ensino médio tem direito de participar do concurso musical, desde que siga as orientações dos membros do corpo docente desta instituição".

Era disso que precisávamos. Mostrei a frase para Ric, que apenas balançou a cabeça lendo.

— E daí? — perguntou.

— Lê aqui: — apontei para a folha — *"Todo* estudante do ensino médio tem direito". *Todo*. Não diz "apenas os matriculados aqui". Entendeu?

Ric puxou o papel para si de novo e leu com mais atenção, afirmando com a cabeça:

— David é um estudante do ensino médio.

— E tem mais isso — apontou Eric. — Ele precisa ser *orientado* por um professor...

— ... E o regente da banda *orientou* David a participar — completei, enquanto Eric sorria para mim. — Perfeito!

Rimos juntos enquanto Ric comemorava, expirando com alívio. Percebi que em nenhum momento disse a Eric que David era aluno do regente da escola, e o perguntei como ele sabia disso.

— Não interessa — respondeu ele, corando, e logo mudando de assunto. — Vocês precisam dizer tudo isso ao corpo estudantil, antes que anunciem os vencedores.

Ele tinha razão. Ric o encarou, com o brilho de volta aos olhos, e ouvimos atentos ao que Eric explicava.

— Escrevam uma carta — ele detalhou. — Uma carta formal, porque o conselho é muito burocrático. Tragam para mim até o almoço e eu entrego para eles.

Essa era nossa missão relâmpago. Tínhamos menos de uma hora para escrever a carta e eu fiz questão de usar cada segundo para criar um documento que eles não poderiam recusar.

Corri para a sala de estudos e comecei a digitar rapidamente em um computador, apagando e corrigindo cada frase. Ric ficou espiando o que eu escrevia por detrás do meu ombro, tal qual um papagaio empoleirado em um pirata. Senti seu bafo na minha orelha enquanto ele murmurava pausadamente cada palavra que eu escrevia. Eu não ia conseguir me concentrar assim. Pedi para que ele encontrasse o regente e Lina e explicasse a situação. Quando ele saiu, consegui focar no meu silêncio por uns 20 minutos e escrevi a carta, que ficou mais ou menos assim:

> "Prezados e estimadíssimos membros do conselho do corpo estudantil do Colégio Jorge Amado,
>
> Venho, por meio desta carta e em nome da '"Banda do Ric e Will", participante do concurso musical da Semana Cultural, requerer um recurso sobre a desclassificação da referida banda.
>
> Estou ciente de que a participação da banda está sob o risco de ser invalidada devido à participação de David Cavalcanti, estudante matriculado em outro colégio. Porém, gostaria de ressaltar que o regulamento não explicita que apenas é permitida a participação de estudantes desta instituição.
>
> Conforme o artigo segundo do documento, "Todo estudante do ensino médio tem direito de participar do concurso musical, desde que siga as orientações dos membros do corpo docente desta instituição". Entendemos que qualquer estudante de ensino médio orientado por um professor está apto a participar, seja ele matriculado nesta escola ou não. Lembramos ainda que David Cavalcanti, apesar de cursar o ensino médio em outra instituição, é mentorado pelo regente da banda estudantil deste colégio, Mauro Sanchez, e, portanto, confere todos os requisitos para participar do concurso.

Agradecemos pela atenção e consideração do corpo estudantil, que sempre preza pelo bem-estar e justiça para com os demais alunos".

Ótimo. Isso era o suficiente. Uma argumentação, uma burocracia, uma babação de ovo — tudo para convencê-los a nos deixar concorrer.

Justo enquanto eu imprimia a versão final, Ric chegou à biblioteca junto de Lina e o regente. O professor Sanchez é um homem muito sério e reservado, sempre com um ar sereno. Mas hoje, pela primeira vez, vi em seu rosto uma feição preocupada. Nem bem me apresentei, o professor Sanchez começou a se desculpar. Ele não queria que fôssemos desclassificados por sua "culpa".

— Fui eu quem incentivou David a vir à audição — disse ele. — Jamais imaginei que isso seria um problema.

Mas isso não era culpa dele, e ficamos muito felizes que David tinha ido à audição, porque ele é um ótimo músico. Disse tudo isso ao regente, então expliquei o que pretendemos fazer com a carta e deixei que ele a lesse para melhor entender nosso plano.

Eu e Ric aguardamos enquanto ele analisava o texto. Passou os olhos da esquerda para a direita várias vezes, relendo trechos com atenção e afirmando com a cabeça. Ao final, deu sua sentença:

— Vai dar certo. Não há como contra-argumentar.

Sucesso. Senti um arrepio correndo pelos braços, confirmando que ainda tínhamos uma chance.

Ao final da folha, todos assinamos, inclusive o regente. Acredito que sua assinatura foi a peça principal para transformar minha mera carta em um "documento formal", como Eric tinha recomendado.

A banda correu de volta ao ginásio, enquanto o regente retornava à sua sala, pois tínhamos pouco tempo até anunciarem os resultados do concurso. Chegando lá, vasculhamos a multidão à procura de Eric. Não deveria ser tão difícil encontrá-lo com aqueles óculos que faziam seus olhos duplicarem de tamanho. Lina o avistou ao longe e se esgueirou entre as pessoas para tentar alcançá-lo. Observamos ela chegar até ele e puxá-lo por trás da gola da camisa. Ele se virou assustado, mas ao perceber quem era, sorriu em alívio. Lina lhe entregou a carta e ele sumiu nos bastidores, deixando-a sozinha.

Nos entreolhamos, sem saber o que pensar. O que vinha a seguir já não dependia mais de nós. Fomos deixados no suspense e, mesmo em meio ao barulho caótico do auditório, eu só conseguia ouvir minha voz dentro da cabeça: "Tomara que dê certo".

Lina abriu caminho de volta a nós e apontou onde Andrea se sentava na plateia. Ela e Bárbara conversavam e suas mochilas guardavam assentos ao seu lado para nós. Fomos até elas e, ao chegar, percebi que havíamos perdido a performance de Bárbara.

— Perdão pelo sumiço — tentei justificar. — Mas tivemos um contratempo com o concurso e...

— Não tem problema — cortou Bárbara. Ela não parecia chateada, apenas apreensiva. — Eric já nos explicou o que aconteceu.

— Sentem aqui — convidou Andrea, retirando suas bolsas. — A premiação já vai começar — então, olhou nos meus olhos. — Vai dar tudo certo.

Ela me assegurou disso e eu assenti com a cabeça. Peguei o assento ao lado dela, e Ric do meu outro lado. Levei um susto ao ouvir um assovio estridente e vi que era Lina acenando para alguém aos pés da plateia. Lá embaixo, David olhou para cima no meio da multidão de alunos e, ao nos avistar, correu para subir a arquibancada. Quando nos alcançou, tinha um ar de tranquilidade e sorriu para todos. Como ele poderia estar tão calmo enquanto nós estávamos tão perto de ser eliminados?

Foi então que percebi que em nenhum momento contamos a David o que estava acontecendo. Ele não estava em nossa escola durante a manhã, não havia participado de nosso plano.

Pelos alto-falantes do auditório, ecoou uma voz:

— Agora, os vencedores do concurso musical.

Em poucos segundos, o alvoroço dos alunos se silenciou e o foco se tornou para os quatro membros do corpo estudantil que se sentavam enfileirados lado a lado no palco.

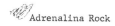

Uma veterana puxou o microfone para si e anunciou:

— As apurações da premiação foram... como posso dizer? ... *conturbadas.*

Olhei para Ric pelo canto dos olhos e vi o suor escorrendo pela sua têmpora.

— O que aconteceu? — perguntou David.

— Nada — disse. Ele não precisava se estressar com isso a essa altura.

A veterana continuou:

— Nunca imaginei que receberíamos uma apelação sobre o regulamento do concurso, parece que temos um futuro advogado por aqui...

Senti essa pontada em mim. Se havia alguma dúvida se éramos o motivo dessa *conturbação*, aí estava a confirmação. Quanto mais ela falava, mais Ric suava e mais seca minha boca ficava. Senti um toque quente em minha mão e vi que Andrea a segurava.

— ... portanto, é com muita surpresa, até para nós, que anunciamos que o terceiro lugar do concurso musical da Semana Cultural do Colégio Jorge Amado é...

Meu estômago formigou.

— ... A Banda de Ric e Will!

Expirei o ar para fora de meus pulmões e me senti mais leve. Ric jogou a cabeça para trás em uma gargalhada sincera. Andrea puxou a todos nós em um grande abraço enquanto ouvíamos os aplausos. Quando nos soltamos, David bateu palmas e disse:

— Uau. Arrasamos, que bom que tudo correu bem!

Ric desviou o olhar enquanto Lina visivelmente escondia o riso. David não fazia ideia, e preferimos deixar assim.

A veterana continuou a anunciar os ganhadores e ficamos atrás somente da dupla de caubóis e da saxofonista, mas isso não tinha importância. Já estava satisfeito em saber que todos nossos ensaios não haviam sido em vão e, principalmente, que meu amigo estava feliz.

3 de outubro

*"I sit around and watch the tube, but nothing's on.
I change the channels for an hour or two.[11]"*
Eu sento e assisto à TV, mas não tem nada passando.
Eu troco o canal por uma hora ou duas.

Hoje, o Jeremias quase engoliu uma de minhas palhetas. Encontrei-a toda mastigada na boca dele. Até parece que a gente deixa esse gato passar fome.

4 de outubro

Como ciclista, Ric é um ótimo baixista. Tentei, mais uma vez, colocá-lo em cima de minha bicicleta, mas o cara não leva jeito. Ele disse que gostaria de ter uma bicicleta, mas que não vai pedir dinheiro para o pai para comprar uma agora.

— O aparelho auditivo da vovó é mais importante — explicou.

6 de outubro

Aula de química é um saco, né?
Pelo menos Andrea está lá para ficar fazendo desenhos no canto do meu caderno. Ela tem um cheiro bom, doce que me lembra um drink de coco com hortelã. Às vezes, volto para casa e é como se ainda estivesse sentindo o perfume dela.

9 de outubro

Hoje, não aconteceu nada.

10 de outubro

Nada mesmo.

---

[11] Longview, Green Day, 1994

11 de outubro

TÉDIOOOOOO

12 de outubro

"I'm so damn bored I'm going blind, and loneliness has to suffice.[12]*"*
Estou tão entediado que ficarei cego, e a solidão precisa ser suficiente.

Minha semana foi levada por um enorme silêncio. Esbarrei em Lina na escola hoje e ela disse apenas "Oi". Não tive mais notícias de David. Tenho visto Ric alguns dias, quando vamos um à casa do outro, mas sinto que ele está quieto. Não tem dito suas bobagens, nem fala sobre música. Há uma lacuna entre nós e eu sei o que é.

13 de outubro

Liguei para David antes de ir à aula. Ele me perguntou se havia algo de errado. Eu disse para ele nos encontrar em frente ao colégio no fim da aula. Quando o sinal bateu, corri pelo pátio à procura de Lina. Encontrei-a sentada em um banco mexendo em sua bota. Quando me viu ela se apressou em ajustar a barra da calça e se desequilibrou ao levantar.

— Que susto, não vi você chegando — ela disse.

— Lina, precisamos conversar — apressei-me em dizer. — Me encontra no estacionamento daqui cinco minutos?

Ela insistiu para que eu explicasse o que estava acontecendo, mas eu não tinha tempo. Precisava encontrar Ric.

Ele estava já fora do colégio, caminhando em direção ao ponto de ônibus. Ao avistá-lo, corri pela calçada e o alcancei puxando a alça de sua mochila para trás, enquanto chamava seu nome. Seu corpo deu um solavanco fazendo com que suas costas batessem no meu peito. Como um instinto, Ric virou-se para trás com o braço esticado, pronto

---
[12] Longview, Green Day, 1994.

para me afastar com um empurrão. E, pelo seu tamanho, sei que isso me derrubaria no chão. Só tive tempo de gritar:

— Calma, sou eu!

Ele interrompeu seu movimento, quando estava prestes a me atingir, e vi seus músculos relaxando enquanto sua feição se transformava de medo para alívio.

— Que susto, cara, achei que estava sendo roubado — falou, rindo, e completou. — Quer jogar videogame hoje?

— Na verdade, queria que você voltasse comigo até o colégio. David e Lina vão nos encontrar lá.

— Por quê? — ele franziu as sobrancelhas.

Olhei para ele por alguns segundos, então encolhi os ombros e esperei que ele entendesse. Ele expirou longamente ao responder por si só:

— Os últimos dias foram muito estranhos sem os ensaios, né?

Concordei com a cabeça e nos apressamos em voltar ao estacionamento. Chegamos bem a tempo de ver David saindo de seu carro. Ele sorriu ao nos avistar. Lina chegou em seguida, já nos enchendo de perguntas

— O que está acontecendo? Estamos com problemas de novo?

— De novo? — perguntou David, sem entender.

— Galera, relaxem — começou Ric. — Não temos problemas. A gente só queria conversar com vocês.

Lina e David alternaram os olhares entre eu e Ric, enquanto ele respirava fundo antes de falar:

— Eu sei que o concurso já passou, isso era o mais importante. Mas... — ele tirou o boné e passou a mão pelo cabelo molhado. — Os ensaios também foram ótimos e...

— Por que paramos? — perguntou Lina.

Ric prendeu os olhos nela, balançando a cabeça em afirmação:

— Exatamente. Por que paramos? Só porque o concurso acabou não significa que não podemos continuar tocando, né?

— É! — concordou David. — Eu gostei de fazer parte de uma banda. É diferente de tocar nas aulas e estava sendo... divertido.

— Podemos treinar juntos — disse Lina. — E quem sabe fazer alguma apresentação amadora, se pintar a oportunidade?

Ric começou a sorrir lentamente conforme a banda falava e eu pude sentir um frio na barriga subindo até minha garganta.

— O que vocês acham? — Ric fez o convite. — Sem a pressão do concurso dessa vez. Já provamos do que somos capazes.

— Eu tô dentro — fui o primeiro a aceitar, e os outros acompanharam.

Todos sorrimos e Ric estendeu a mão no centro de nossa roda. Colocamos nossas mãos sobre a dele e, em um movimento único, todos levantamos nossos braços para o céu. Eu não disse mais nada, porque não precisava admitir que estava com saudades deles. Que piegas. Mas eu senti isso e acredito que, por dentro, eles também.

— Da próxima vez que a gente fizer isso — falou David sobre nosso cumprimento —, é bom a banda ter um nome decente para gritarmos.

— Eu nunca gostei de "Banda de Ric e Will" — brinquei. — Deveria ser "Banda de Will e Ric".

Rimos juntos. Não por causa de minha piada, mas porque estávamos felizes com nossa decisão.

14 de outubro

A banda está oficialmente de volta. Não pensei que eu me sentiria tão leve por isso.

Como o novo nome da banda é a grande questão do momento, pedi ajuda à Andrea e à Bárbara. Elas são muito artísticas, têm bom gosto e disseram que vão pensar em algumas ideias.

Nosso primeiro ensaio depois do concurso não poderia ter sido mais improdutivo. Eu adorei. Sem a pressão do concurso, pudemos tocar o que bem entendemos. Sem a história de ficar pensando em partituras, público ou nossa técnica. Apenas tocar música. Senti como se eu estivesse de volta para antes das aulas começarem, tocando com

Lara Bridi

Ric no apartamento apenas por tocar, apenas por curtir. E o som de nossas risadas preenche o espaço entre uma música e outra.

Você sabia que os anéis de Saturno são feitos de gases? Pois é, foi o que David nos contou hoje.

— E você sabia que a lua não conversa com gatos? É que astro- -no-mia — foi o que Ric respondeu.

20 de outubro

"Hanging out down the street,
The same old thing we did last week.[13]*"*
Passeando pela rua,
A mesma coisa que fizemos semana passada.

Nossa banda tem um novo nome! No intervalo da aula, Andrea me chamou:

— Podemos sair para uma lanchonete hoje à noite? Para eu te contar sobre os possíveis nomes da banda.

— Claro, isso seria ótimo! Depois do ensaio, eu e o pessoal podemos te encontrar na hamburgueria.

Então, se despediu e não nos vimos mais até a noite.

Depois de guardarmos nossos instrumentos, a banda saiu da casa de David para a lanchonete. No caminho, Lina me deu dicas sobre as músicas que tocamos.

— E quando for tocar *Scar Tissue*[14], a corda Si deve estar afinada em menos 13 cents, mais ou menos 245 hertz — ela disse.

Fingi que entendi.

— Quer dizer que a corda tem que estar meio frouxa... — explicou.

Agora, fazia sentido. Geralmente, eu ficava irritado com seus comentários persistentes. Hoje, com os ensaios descontraídos, consigo

---

[13] In The Street, Big Star, 1972.
[14] Red Hot Chilli Peppers, 1999.

ter mais paciência para ouvi-la e, na verdade, as coisas que ela diz são muito úteis. Ela consegue ouvir coisas que eu não escuto nas canções.

Quando chegamos à lanchonete, Bárbara e Andrea já estavam sentadas nos esperando. Tomei um lugar ao lado de Andrea e Lina sentou do meu outro lado. Na mesa redonda, eu podia enxergar a todos. Entre batatinhas e sorvete — eu vi Ric mergulhando uma batatinha em seu milkshake e David segurando seu estômago para não gorfar —, as meninas apresentaram sua sugestão:

— Precisa ser um nome descolado — começou Andrea.

— Mas com uma pegada retrô — emendou Bárbara. — Afinal, é Rock.

Lina esticou o pescoço sobre mim para alcançar o olhar às meninas e disse:

— Tipo um nome com cara de mau? Bem brabo?

Andrea abaixou as sobrancelhas e puxou sua cadeira para mais perto da minha, colocando seu braço na mesa bem à minha frente enquanto respondia à Lina:

— Nós já pensamos nisso.

Bárbara puxou Andrea de volta para onde ela estava e anunciou:

— Então, o nome que escolhemos foi...

E ambas disseram juntas:

— Adrenalina Rock!

— Pensamos no dia em que se apresentaram no colégio — explicou Bárbara — e nos inspiramos na correria que tiveram para resolver todos os imprevistos de última hora. Foi como uma aventura!

— Pura adrenalina — completou Andrea.

Era exatamente isso que eu esperava! Um nome com nossa energia. Tive medo de elas escolherem um nome muito pomposo, mas acho que entenderam o recado que queremos passar como banda. Observei a minha volta e todos sorriam. Lina disse que tinha uma sonoridade boa. David concordou com tudo, é claro. Ric sorriu e estendeu a mão para um "toca aqui" com as meninas. Parece que o nome foi unanimidade.

— E agora, qual é o próximo passo? — perguntou Bárbara.

— Usar esse nome para conquistar nossos fãs! — brincou Ric.

— Vocês já tem algum *show* marcado? — Andrea quis saber.

A banda se entreolhou e balançamos a cabeça, sem muita animação.

— Logo alguém vai chamar vocês para se apresentarem. Vocês só precisam ser vistos — falou Bárbara.

Eu perguntei o que ela queria dizer com "ser vistos".

— Colocar o nome de vocês para jogo, entendeu? — explicou. — Serem vistos por alguém que contrataria a banda e mostrar o que são capazes de fazer.

Eu comecei a entender a ideia. Não basta fazer música se ninguém puder ouvir.

— Muitos artistas são reconhecidos por seus videoclipes — disse Andrea. — Fazem tanto sucesso que passam na MTV.

— É verdade... — Ric respondeu — mas nós não vamos conseguir passar na TV.

— E nem temos um videoclipe — lembrou David.

Eram bons pontos, e eu concordei com ambos, mas ainda não sabia que Andrea tinha uma carta na manga:

— Mas e se eu dissesse que vocês não precisam estar na TV para que todo mundo possa ver um vídeo de vocês tocando?

Nossa atenção voltou-se completamente à Andrea nesse momento, pois sabíamos que ela tinha uma novidade:

— Existe um jeito de colocar vídeos na internet — começou ela. — e o mundo inteiro pode ver. Até mais alcance do que a MTV. E qualquer pessoa pode publicar seus vídeos lá, mesmo que sejam amadores.

— Como o vídeo que meus irmãos fizeram — concluiu Lina.

— Exato — Andrea afirmou.

Ric riu e balançou a cabeça, como se tentasse tirar um pensamento de dentro dela.

— Seria incrível — disse ele. — Mas a gente não tem dinheiro para isso.

— Não! — continuou ela. — Não precisa pagar nada. É um site gratuito. E, se vocês quiserem, eu dou um jeito de publicar o vídeo para vocês.

Eu não sei sobre o que Andrea estava falando, mas se tudo isso que disse for verdade, não temos nada a perder. David deu um sorriso de orelha a orelha e logo estendeu a mão para um toca aqui. Eu e Lina acompanhamos o movimento. Ric hesitou, com desconfiança no olhar, e então se uniu a nós. Ele ainda não acredita em Andrea, mas estou tentando convencê-lo de que não é uma cilada.

— Fica tranquilo — eu disse a ele quando chegamos em casa. — O máximo que vai acontecer é ninguém ver nosso vídeo.

— Sei não, Will. Isso pode ser um golpe. Por que um site nos publicaria de graça?

Encolhi os ombros porque não sabia a resposta, mas também não tinha motivos para não confiar em Andrea. Tentei explicar que têm um monte de coisas na internet que são assim. E-mails são de graça, né? E isso não é nenhum tipo de golpe. Ele ficou pensativo por alguns segundos e depois riu, aceitando a ideia.

Espero que Andrea esteja certa e que isso funcione. Seria incrível se pessoas de longe pudessem ver esse vídeo, como meus amigos de São Paulo ou até mesmo o mundo inteiro.

21 de outubro

Estamos no ar!

Andrea me encontrou hoje no colégio. Ela mostrava todos os dentes branquíssimos em um belo sorriso.

— Deu certo! — ela estava radiante.

— O nosso vídeo? — perguntei.

— Sim! Já está na internet para todos verem.

Senti os pelos do meu braço arrepiando. Por um lado, estou animado com a ideia de que todos podem me ver tocando. Por outro, tenho uma pontada de medo: todos podem me ver tocando. O que as pessoas que estão assistindo o vídeo vão achar? E se não gostarem?

Lara Bridi

Andrea tirou alguns papéis da mochila. Primeiro, me entregou um *post it* amarelo:

— Esse é o nome do site. Você digita isso no computador e já vai aparecer o vídeo de vocês!

Peguei o papel e guardei para repassar para a banda depois. O site se chama YouTube. É dos Estados Unidos. Depois, ela tirou um papel maior e branco de sua bolsa e me entregou também. Nele, dois desenhos iguais de uma nuvem de tempestade coberta de raios e o nome da banda grafado em cima. Apesar de imaginar a resposta, perguntei:

— O que é isso?

— É o logo da banda. Desenhei para vocês poderem usar quando se apresentarem, a marca de vocês.

O desenho parece graffiti nos muros de São Paulo. Tem um estilo urbano, mas, ao mesmo tempo, intenso, por causa das cores que Andrea escolheu. Ela pinta tão bem que, à primeira vista, pensei ser impresso. Mas, olhando de pertinho, consigo ver seus traços formando um degradê das cores tão radiante quanto seu sorriso. Ficou incrível.

Telefonei para David para contar sobre as novidades, mas ele não me atendeu. Então, combinei com Lina e Ric de nos encontrarmos na *lan house* para assistirmos ao vídeo. Ela não fica longe do colégio, pude ir caminhando enquanto relembrava os solos que treinei com Lina no último ensaio. Meus dedos estão mais calejados do que nunca.

Quando cheguei, os dois já me esperavam em frente a um computador. Entreguei o *post it* à Lina e ela digitou as palavras. Aguardamos por alguns segundos, apreensivos e incertos do que aconteceria, até que nosso vídeo surgiu na tela e começou a tocar.

O vídeo era o mesmo que já havíamos visto, nenhuma novidade. Mas o fato de estar em um lugar que todos podem ver mudou tudo.

— Olha isso — disse Lina apontando para a tela.

Bárbara tinha deixado um comentário embaixo do vídeo: "A melhor banda da cidade S2". Ao lado, estava escrito: 47 visualizações.

— Isso quer dizer que todas essas pessoas nos assistiram? — perguntou Ric.

Adrenalina Rock

Lina assentiu. Era um número menor do que a quantidade de pessoas que nos assistiram ao vivo no colégio. Mas saber que pessoas que não conhecemos estavam nos escutando pela primeira vez me trouxe uma perspectiva diferente:

— E se a gente divulgasse isso para mais pessoas verem?

Seria maneiro, eles disseram. Discutimos a possibilidade de enviar a alguma redação de jornal, ou pedir patrocínio para imprimir panfletos. Mas, sinceramente, quem faria favores a um bando de adolescentes? Até que Lina deu um sorriso malandro e disse:

— Eu tenho uma ideia!

Pela sua cara, sabia que ela já estava com o plano bolado.

— Quando as pessoas querem ver vídeos como esse — continuou ela. — onde elas vão?

Ela disse isso enquanto olhava para o lado com o canto de olho e gesticulava para as outras bancadas com computadores. Vão à *lan houses*, claro. Observei em volta os mais de 20 computadores espalhados pela sala, todos com as telas escuras, pois éramos os únicos clientes naquela hora. Mas eu sabia que, ao final do dia, todas as cadeiras estariam ocupadas e, talvez, houvesse até uma fila para usar as máquinas.

— Então, que lugar melhor para divulgarmos do que nos próprios computadores? — concluiu ela.

Ric riu baixo, porque já tinha entendido a ideia e eu me animei para executá-la. Nosso único problema era o proprietário da *lan house*, que se apoiava atrás do balcão lendo uma revista. Mas isso não nos impediu. O plano de Lina que executamos foi o seguinte:

Eu me aproximei do balcão tentando ter um vislumbre do que o homem lia. Entendi que era uma revista culinária com muitas receitas e já comecei a formular o papo:

— Você já preparou esse cassoulet à moda francesa? — perguntei, e ele se voltou para mim com um sobressalto.

— Não — respondeu ele. — Eu queria fazer para a minha namorada.

— Ah, mas você não sabe o segredo para essa receita que não está nas revistas.

71

O proprietário já tinha atenção em mim. Enquanto isso, Lina e Ric levantaram de seus assentos e tomaram lugar cada um em um computador, digitando o endereço do YouTube.

— O frango precisa ser caipira — expliquei a ele, como se soubesse algo sobre gastronomia. — Você sabia disso, né?

— Não sabia! — respondeu, puxando uma caneta para anotar o que eu dizia. — E o que mais?

Com o canto de olho vi meus amigos se levantando, acessando o YouTube em mais um par de máquinas e apagando a tela logo em seguida para não deixar vestígios. Continuei falando para que o homem não tirasse os olhos de mim:

— Esse frango só vai bem com as cebolas roxas.

— Roxas? — ele quis confirmar, enquanto escrevia as dicas.

— Claro, ou você pensou que os franceses comem cebolas comuns?

Ele assentiu com a cabeça e sorriu, como se o que eu dizia fosse de conhecimento geral. Eu não faço ideia de que cebola os franceses comem. Atrás de mim, os dois já passavam por mais alguns computadores. Tive medo do proprietário ouvir as batidas das botas de Lina no chão.

— E o tempero? — perguntou.

— O tempero... éeee... — eu já ficava sem ideias — um pouco de curry para complementar.

O homem tirou os olhos das anotações e me fitou com as sobrancelhas franzidas, dizendo:

— Mas curry não é indiano?

Puts. Eu não tinha percebido isso.

— Sim! — respondi chegando mais perto do balcão para que ele não olhasse para trás de mim. — Mas a maior influência da culinária francesa é a gastronomia indiana.

Disse isso seriamente e torcendo para que nosso plano não desmoronasse. Ele encarou meus olhos por alguns segundos, então assentiu com a cabeça e continuou anotando. Ufa. Olhei para trás para conferir Ric e Lina e vi que já estavam nas últimas máquinas.

— O que mais? — o dono queria saber.

Nesse exato momento, Lina chegou por trás de mim e disse:

— Terminamos.

Me virei para o homem e disse:

— Mais nada. Esses são os segredos para o seu cassoulet. Boa sorte!

E, assim, fomos embora deixando o proprietário com a pior receita de cassoulet do mundo e todos os computadores com as telas desligadas. Mas a primeira coisa que os próximos clientes veriam ao ligá-los seria o nosso vídeo.

— Você enrolou aquele cara de um jeito inacreditável — disse Ric ao sairmos.

— Will tem palavras bem persuasivas, não é mesmo? — completou Lina. — O advogado do colégio.

Rimos da situação e eu senti como se fosse parte de um filme *Missão impossível*.

— Vamos fazer isso mais vezes — Ric disse.

E fomos para a casa.

Quanto aos desenhos de Andrea, dei um a Ric e o outro colei na minha guitarra no lugar dos *Beatles*.

25 de outubro

Os dias em que ensaiamos são sempre os mais divertidos. Estou descobrindo coisas que jamais imaginaria sobre os membros da banda. Lina é muito mais forte do que parece. Já a vi carregando todo o equipamento de som sem demonstrar esforço e com certeza ela me derrubaria em uma luta, mesmo tendo uns 20 centímetros de altura a menos do que eu. Não que ela precise de força para botar medo em mim, seu olhar sério quando está tocando já é o suficiente para me fazer tremer. Ric sabe crochetar. Sim, crochê. A avó o ensinou quando era pequeno e foi um *hobby* que cultivou em segredo por muitos anos. Ele contou que é muito relaxante e o ajuda a manter a calma quando está muito ansioso. E David tem um interesse especial pelo espaço sideral e está sempre ligado no que vai acontecer no céu.

— Logo vai ter uma chuva de meteoros e podemos assistir pelo meu telescópio — convidou ele.

Eu nunca vi algo do tipo e estou ansioso por essa noite. Porém, essa semana nos empenhamos em algo a mais além dos ensaios: ir a *lan houses* divulgar nosso vídeo.

O esquema você já conhece. Meu papel é fazer de tudo para distrair os atendentes, enquanto Lina e Ric acessam o site pelas máquinas. Repetimos esse processo meia dúzia de vezes em estabelecimentos pela cidade e nem eu sabia que eu poderia encontrar tanto assunto para enrolar pessoas. Não fomos pegos uma única vez, e acredito que o sucesso de nosso plano está sendo comprovado, pois as visualizações do nosso vídeo não param de crescer. 50, 70, 140 visualizações. E, às vezes, alguns comentários também.

Não é um trabalho fácil, mas tenho me divertido. Talvez, fosse mais rápido se David estivesse nos ajudando. Porém, ele não pôde nos acompanhar em nenhum dia. Dizia que estava ocupado, isso quando atendia o telefone.

Quase não fico mais em casa, apenas para dormir. Jeremias tem ficado com a avó de Ric, para não ficar sozinho. Se depender dela, esse gato volta para casa crochetando.

Meus pais perguntaram se, com todas essas atividades da banda, eu tenho tido tempo para estudar. Respondi que sim. Grande mentira. Eu nunca fui um aluno exemplar, mas sempre consegui estudar o suficiente para ter notas aceitáveis. Porém, ultimamente, não coloquei os olhos nos meus cadernos uma única vez. Eu me garanto assim na maioria das matérias, mas esse tal de vestibular vai me pegar de jeito.

29 de outubro

Talvez, estudar não seja tão péssimo quanto eu pensava. Andrea ofereceu ajuda e vamos à lanchonete nos dias em que não tenho ensaio. Ela é uma boa professora e uma boa companhia também.

Hoje, durante sua explicação, tomamos sorvete para aproveitar o clima morno da primavera. Sujei um pouco do meu rosto com ele, e Andrea limpou com seus dedos.

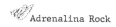

— Obrigado — eu disse. — Sua mão é macia, sabia?

Ela corou e sorriu para o chão.

— Então, amanhã nos encontramos aqui de novo? — perguntou.

— Não vai dar — respondi. — É dia de ensaio.

— Ah... e depois de amanhã?

— Vamos à *lan house* divulgar o vídeo.

Ela assentiu com a cabeça e não estava mais sorrindo.

— Você está bem ocupado com a banda, né? Passando bastante tempo com eles, com a Lina...

Pensei nisso por um instante e tive uma ideia:

— Você não quer assistir à chuva de meteoros com a gente? — convidei.

Andrea olhou para mim, tentando entender, então expliquei que David tem um telescópio e a banda combinou de se reunir para assistir os meteoros:

— Vamos pedir pizza e talvez fazer um som. Por que você e a Bárbara não vêm também?

Ela pareceu feliz com a proposta e prometeu levar doces. Mal posso esperar.

10 de novembro

— Preciso contar algo para você e a banda — foi o que Andrea disse quando me cumprimentou na escola hoje de manhã. Ela estava tentando disfarçar a boa notícia que trazia.

— O que é? — eu quis saber.

— Só vou contar na noite dos meteoros — ela estava provocando minha curiosidade —, para a banda toda saber ao mesmo tempo.

— Mas isso vai demorar muito!

— Vocês têm ensaiado? — perguntou.

— Claro que temos — ri, pois é a única coisa que temos feito.

— Ótimo! Continuem assim — disse sorrindo e virando as costas para ir embora.

Achei maldade ela esconder de mim uma boa notícia. Por outro lado, isso me deixou mais animado para ouvir a notícia em grupo. Pelo entusiasmo de Andrea, deve ser algo maneiro, como outro concurso musical ou audição. Eu adoraria participar de um evento assim, reviver aquela sensação de estar no palco e a expectativa por esse momento durante os ensaios. Aposto que a banda também.

17 de novembro

AAAAAAAH

A curiosidade vai me matar.

Insisti durante todos esses dias para que Andrea contasse o que aconteceu, mas a boca dela está lacrada.

— Eu te dou um hambúrguer, se você me contar — tentei suborná-la.

— Você não pode me comprar, Will! — brincou ela, me batendo de brincadeira com sua caneta de pompom. — E eu nem como carne.

Eu nunca tinha reparado nisso.

Eu nunca tinha reparado em muitas coisas sobre Andrea que só comecei a perceber durante nossas aulas particulares. A cor da sua íris é mais clara no centro do que nas extremidades, como se houvesse um anel flamejante dentro de seus olhos. Apesar de sua pele clara, ela tem pintinhas pelo corpo todo e sardas pelos braços, formando a imagem de um imenso céu estrelado. E os pelos de seus braços e pernas são tão loiros que me lembram um campo de trigo dourado prestes a ser colhido. Ela tem uma aparência cheia de detalhes, como se a natureza estivesse brincando de se desenhar pelo corpo dela. Observá-la é como observar as nuvens e se divertir ao encontrar formas de bichos. Sempre me tira um sorriso.

18 de novembro

"Some people think they're always right,
Others are quiet and uptight.[15]*"*

---

[15] You Only Live Once, The Strokes, 2005.

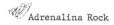

Algumas pessoas pensam que estão sempre certas,
Outras são quietas e tensas.

Hoje, é o dia da chuva de meteoros. Estou ansioso para isso. Ainda mais ansioso pela notícia de Andrea. Ontem à noite ela me perguntou quem estará lá.

— Além de nós dois e Bárbara — respondi —, a galera da banda: Ric, David e Lina.

Ela assentiu e perguntou:

— Lina tem se comportado?

Não entendi o que ela quis dizer com isso.

— Você sabe — continuou ela —, ela gosta de fazer comentários sobre como você toca guitarra. Isso não te incomoda?

Eu estaria mentindo se dissesse que não. Eu mesmo havia confidenciado a Andrea que isso às vezes me deixa inseguro, pois sei que qualquer deslize será notado por Lina.

— Mas ela não faz isso de maldade — respondi. — É só o jeito dela de me ajudar a melhorar.

— Isso é superarrogante da parte dela.

— Eu não acho que ela seja arrogante... — comecei.

— Ela é uma metida — ela me cortou. — Sempre quer aparecer com seus solos de guitarra, com seu jeito de se vestir e até o modo como anda, batendo as botas no chão só para chamar atenção.

— Não diga isso, você nem a conhece direito. Ela é maneira.

Andrea revirou os olhos.

— Ah, é? — disse ela, com os olhos fixos em mim. — Pois eu tenho certeza de que ela vai dizer algo desagradável a você quando estivermos vendo os meteoros. Quer apostar?

E eu não respondi, porque tinha a mesma certeza.

...

Nenhuma chuva de meteoros poderia me surpreender mais do que tudo que aconteceu nesta noite. Ric me encontrou no meu apartamento. Ele insistiu para que levássemos Jeremias junto:

— Ele nunca viu uma chuva de meteoros, é a oportunidade da vida dele — argumentou.

Pegamos o ônibus em direção à casa de David, eu e Ric, carregados de nossos instrumentos, e Jeremias. Não recomendo que você faça isso. Com as mãos ocupadas é muito mais difícil se equilibrar no ônibus e, com um gato assustado tentando pular do seu colo, o trajeto se torna ainda mais turbulento. Acho que estou mal acostumado com as caronas com o motorista de nosso amigo playboy.

Quando finalmente chegamos, Lina e David já estavam montando o telescópio no quintal. Ao nos avistar, David largou tudo que estava fazendo para pegar Jeremias no colo e assim ficaram durante a hora seguinte.

— Acho que eu sou o tio favorito dele — disse David.

— Vai sonhando. Esse posto é meu, só o estou te emprestando por uma noite — brincou Ric.

David serviu os cookies que sua mãe fez, bem a tempo de Andrea e Bárbara chegarem, trazendo balas de gelatina, bolo e refrigerante.

— Juntem-se aqui! — chamou Andrea a todos. — Preciso contar algo a vocês.

Sentamos em círculo em torno dela, observando sua cara de animação e apenas imaginando o motivo. Fui tomado pela expectativa e senti que não poderia perder mais um dia sem saber do que se tratava essa novidade sem enlouquecer.

— Como vocês sabem, o vídeo da banda não para de crescer em visualizações — começou Andrea —, e em comentários também.

David puxou uma salva de palmas e segurou as patinhas de Jeremias para que ele aplaudisse também. Andrea continuou:

— Mas o que vocês não sabem é que essa semana eu recebi um e-mail de uma pessoa que assistiu ao vídeo e eu gostaria de ler a mensagem para vocês.

Será que tínhamos um fã, mandando cartas pelo e-mail? Andrea desdobrou um pedaço de papel impresso e começou a ler:

— "Caros integrantes da banda Adrenalina Rock, foi com grande alegria e surpresa que esbarrei em um vídeo seu quando fui a uma *lan house*. Alguém deve ter esquecido o navegador aberto nesta página, e não sei se isso se trata de acaso ou destino..."

— Foi uma grande obra da *coincidência* — eu disse em ironia.

Rimos de nossa travessura e Ric cobriu os olhos com as mãos enquanto gargalhava. Andrea deu continuidade a leitura:

— "De qualquer forma, estou animado em saber que há jovens que mantêm o Rock vivo nessa cidade. Por esse motivo, convido a banda para realizar uma performance na minha festa de aniversário, que vai acontecer no mês que vem em minha residência..."

Foi possível sentir uma onda de entusiasmo percorrendo o ambiente e refletindo nos olhos de cada um. Sorri para Ric, que não conteve sua animação e logo começou a falar:

— Um *show* de verdade, só nosso! Como uma banda de verdade! — as palavras brilhavam em sua boca.

— Nosso plano das *lan houses* deu certo, nem estou acreditando! — Lina vibrou.

— Quantas pessoas vocês acham que vão estar assistindo? — perguntou David.

Essa novidade era muito melhor do que imaginava e eu ainda nem sabia da melhor parte. Andrea balançou as mãos para que parássemos de falar:

— Calma, eu não terminei! Escutem isso: "Ofereço a cada membro da banda e sua equipe um cachê, além da oportunidade da banda de gravar seu primeiro videoclipe profissional, quando desejarem..."

Foi uma sequência de notícias tão boas que precisei parar para raciocinar tudo o que Andrea nos dizia. Como isso estava acontecendo com a gente? E por quê?

— Quem é essa pessoa? — finalmente perguntei.

— Um anjo? — sugeriu David.

Andrea olhou para todos nós com um radiante sorriso, então concluiu a leitura:

— "Assinado: Roberto Cruz, diretor de cinema!"

— O quê?! — exclamamos todos ao mesmo tempo.

Roberto Cruz! O cara já dirigiu filmes, novelas, clipes de bandas famosas... e simplesmente decidiu que a melhor atração para seu aniversário era uma banda de adolescentes?

— Tem certeza de que esse e-mail é real? Pode ser um golpe — eu disse.

— Sim, é real! — respondeu Andrea. — Pesquisei todas as informações de contato deles e estão todas corretas, e-mail, telefone...

Nos entreolhamos, procurando explicação lógica para tudo aquilo.

— Vocês acham que Amanda Castro vai estar lá? — perguntou David, quebrando o silêncio. — Ela é minha atriz favorita.

Quando David disse isso, me dei conta deste fato: não apenas Roberto Cruz estaria lá, mas também todos os seus amigos mais próximos que, provavelmente, também são pessoas importantes do cinema e do entretenimento nacional. Que outras figuras nós não iríamos encontrar lá?

— Precisamos aceitar — eu disse. — Essa é a chance de a banda ficar conhecida.

Olhei em volta enquanto os outros assentiram com a cabeça, com expressões de felicidade e confusão se misturando em seus rostos.

— Eu já aceitei a proposta — disse Andrea. — Não tive dúvidas de que vocês topariam e não queria dar tempo para que Roberto mudasse de ideia. Espero que não tenha agido com precipitação...

— Da próxima vez — Ric disse em tom de brincadeira —, só não nos mate de curiosidade e nos conte logo!

— Mas, enquanto os meteoros não vêm — Bárbara falou —, o que vocês acham de fazer um som para já ir entrando no clima do *show*?

Olhei para David e ele fez um joia com a mão. Nós tínhamos tempo. Então, ele correu para dentro da casa e voltou com uma caixa de madeira nas mãos, enquanto tirarmos nossos instrumentos dos estojos.

— Eu não vou trazer a bateria para cá — disse ele —, mas podemos improvisar com esse cajon.

Ele sentou sobre o instrumento e começou a batucar com as mãos na superfície entre seus joelhos. Jeremias se assustou com o barulho e correu para os pés de Bárbara, que o recolheu do chão. David levou uma batida simples e energética, dando ares de marcha ao som. Quem puxou a melodia foi Ric, em uma introdução característica dos anos 60 que eu bem conheço, e logo Lina o acompanhou. Eu não sei tocar a música, então deixei meu violão de lado e improvisei um falso microfone com uma latinha de Coca-Cola cantando a letra dos *Beatles*:

— *"Shake it now, baby. Twist and Shout!"*

Bárbara exclamou um longo *Wooooh* batendo palmas e Andrea se juntou a ela seguindo seus passinhos de *twist* tal qual verdadeiras beatlemaníacas. Cheguei próximo a elas e tentei imitar a maneira como mexiam os pés, o que fez a todos rirem, pois não sou nenhum pé de valsa. Quase tropecei em meus próprios tênis. Continuei cantando enquanto ria e só parei quando os instrumentos cessaram.

— Eu gostei desse estilo — sorriu Ric. — É algo diferente!

— Com algumas melhorias, vai ficar ótimo! — começou Lina, e percebi os olhos de Andrea se voltarem a ela em um tom mais sério. — Acho que podemos ajustar o vocal para se encaixar melhor nesse ritmo acústico e...

— Pois eu achei que Will fez um ótimo trabalho nos vocais! — cortou Andrea.

— Sim, eu não disse que ele não fez — continuou Lina, agora falando diretamente a Andrea. — Eu só acho que se ele cantasse de outra forma nesse ritmo poderia ser melhor.

Lina começou a dedilhar a melodia dos vocais na guitarra ao marcar as batidas com o pé no ritmo que queria.

— Para com isso! — Andrea estava ríspida. — Viu, Will? Eu disse que ela ia falar algo para te aborrecer!

— Andrea... — chamou Bárbara, tentando fazer com que ela baixasse o tom de voz.

Alternei o olhar entre as meninas sem saber o que dizer e vi a feição de Lina tão perplexa quanto a minha, enquanto ela dizia firmemente:

— Eu só queria ajudar...

— Não — interrompeu Andrea. — Você só queria aparecer. Você nem é cantora e quer dar palpite sobre a voz do Will, só para ficar se mostrando com a guitarra.

— Eu posso dar palpite, sabe por quê? — perguntou Lina em tom desafiador, sem nem ao menos gaguejar. — Porque diferentemente de você, eu faço parte dessa banda.

Andrea deu um passo em direção à Lina ao dizer:

— Você é uma metida, isso sim. Faz de tudo para chamar atenção.

Lina também se aproximou ao dar uma resposta. Porém, quando deu seu passo, sua guitarra se alinhou com o amplificador de som, causando uma interferência. De repente, um apito agudo tomou conta do local, ardendo em meus ouvidos. Todos se assustaram, inclusive Jeremias, que correu para tentar fugir do som, ao mesmo tempo em que Lina tentava silenciá-lo. Tudo aconteceu tão rápido: quando Jeremias passou rente as botas de Lina, acabou levando junto de si o cabo da guitarra, fazendo-o enroscar nos pés de Lina. Tentei alcançar Jeremias, mas só tive tempo de vê-lo entrando no mato ao lado da casa de David e fundir a cor de seus pelos pretos com a escuridão.

O som da microfonia cessou e ouvi um baque forte. Com o olhar de volta à banda, vi que estavam todos estáticos encarando Lina, que havia tropeçado e caído de costas no chão. Olhei para Ric, que retribuiu o olhar com preocupação e apontou de volta para Lina com a cabeça. Observei Lina de novo enquanto ela se levantava e, então, percebi o que todos estavam olhando: ao cair, sua saia subiu até a altura dos joelhos e sua bota escorregou alguns centímetros para baixo, revelando um brilho metálico onde estaria sua canela direita. No lugar dela, uma peça maciça tomava lugar, conectada em seu joelho.

Ric se apressou ao tentar ajudá-la a levantar, mas, antes que pudesse estender a mão, ela disse:

— Não precisa.

Rapidamente, ela colocou as mãos sobre a articulação do objeto e o puxou para o lugar, fazendo um estalo. Então, levantou-se, arrumou a saia sobre as pernas e saiu do meio de nós, marchando rapidamente em direção ao mato. Ela não olhou para trás.

Procurei em volta de mim por um sinal do que eu deveria fazer. David e Ric já haviam começado a desinstalar o equipamento de som. O *show* tinha acabado. A guitarra de Lina continuava largada no chão, e Ric a observava com o canto do olho sem se aproximar, como se tivesse medo de tocá-la.

Levantei a cabeça e me deparei com o que jamais imaginaria ver. Estática no meio do gramado, Andrea encarava a vegetação. Mas seus olhos não procuravam por nada. Estavam marejados, deixando turva a auréola cor de mel em torno de sua pupila. Seu nariz corou e sua boca pendia entreaberta e seca em sua face.

Bárbara segurou seu braço e puxou-a em direção a saída.

— Mas eu... — disse Andrea com a voz trêmula, sem tirar os olhos do mato.

— Vamos embora. Acabou — respondeu Bárbara, fazendo esforço para tirar Andrea de lá.

Andrea cedeu e Bárbara a levou de volta para casa. Antes de sair, Bárbara olhou para trás, para mim, e fez um gesto em direção à vegetação. Eu deveria ir atrás de Lina.

Deixei a banda para trás e segui seus passos entre as árvores. Anoitecia e a luz começou a criar sombras de formas estranhas. Tentei ser rápido e atento ao caminho, andando sempre em linha reta. E se eu não encontrasse o caminho de volta? Dei longos passos e senti que, ao meu redor, o cenário não mudava. Todos os lados eram iguais, cobertos de folhagem, e nem sinal de Lina. Olhei para o chão, mas as folhas secas formavam um tapete sob meus pés e não havia nenhuma pegada. Pensei em voltar. Talvez, Lina não estivesse mais lá. Mas e se ainda estivesse? Logo iria anoitecer, eu não poderia deixá-la sozinha. Mantive a cabeça reta e caminhei por mais alguns metros esperando vê-la a qualquer momento, até que uma luz fraca fez caminho entre a copa das árvores. Fui em sua direção, mas, quando me aproximei, percebi que a vegetação tinha acabado e a luz que eu via era um poste de luz da rua. Eu tinha atravessado todo o mato até o outro lado da quadra, e nem sinal de Lina. Olhei para os lados da rua pensando em qual deles eu deveria seguir para voltar à casa de David. Então, um barulho atrás de mim me pegou de surpresa:

— Não consegui encontrar Jeremias — disse uma voz baixa.

Olhei para trás com um salto e vi, sobre uma grande pedra, Lina sentada e observando a estrada. Ela estava séria, com a mesma expressão que fica quando está concentrada na guitarra.

— Eu não estava procurando ele, estava procurando você — respondi. — Ele vai voltar sozinho — disse isso na esperança de que fosse verdade.

Ela continuou olhando para a estrada. Subi a pedra e sentei ao seu lado. Perguntei se havia se machucado, ela balançou a cabeça negativamente.

— Eu não sabia que você tinha uma prótese — eu disse.

Lina inspirou intensamente e então expirou deixando as palavras saírem da sua boca como um sopro:

— Eu nunca tive essa perna. Isso não era para ser um problema. E realmente não foi, durante a minha infância. Eu colocava a prótese e saía brincar com meus amiguinhos como qualquer outra criança.

Ela balançava a perna sobre a pedra ao falar.

— Mas, durante a escola, os outros alunos começaram a reparar. Ninguém queria que eu fizesse parte do seu time na aula de Educação Física. Nem me chamavam para festas na piscina. Então... foi isso.

Ela terminou de falar sem concluir seu raciocínio, mas eu entendi tudo. Olhei para suas botas enormes e para sua saia longa e percebi que nunca tinha a visto com roupas que não cobrissem suas pernas por completo.

— Eu sinto muito — tentei confortá-la.

— Não sinta. Não é culpa sua. E não foi culpa de Andrea o que aconteceu hoje.

— Ela não deveria ter dito aquelas coisas — respondi —, não são verdade. A gente não pensa aquilo sobre você.

Lina riu para dentro de si.

— Eu sei que não. E ela também não pensa isso. Você sabe por que ela disse tudo aquilo, né?

Ela me olhou com um sorriso malandro. Balancei a cabeça, porque não entendi o que ela estava dizendo.

— Ela estava te defendendo porque pensou que eu poderia ser uma ameaça. Ela te protegeu, porque... — Lina levantou as sobrancelhas esperando que eu completasse a frase para ela.

Encolhi os ombros a encarando e esperando que ela terminasse, ainda sem entender aonde ela queria chegar. Lina riu, para fora dessa vez:

— Vocês meninos são muito tapados.

Ela então tirou os olhos de mim e observou o céu acima de nossas cabeças. Já estava escuro e o poste de luz nos iluminava em um feixe duro, tal qual um holofote em um palco. Ainda assim, o fim do dia coloriu nossas peles em tons violeta. Por um breve momento, vi um reflexo veloz como um raio percorrer a íris de Lina, clareando seus olhos estreitos. Ela apontou para cima e eu segui sua mão com os olhos.

Então eu vi.

Olhei para o céu e vi dezenas de rastros luminosos cortando sua pele e sangrando fogo. Era a chuva de meteoros. Nem filmes de ficção científica poderiam criar uma cena tão surreal. Cada ponto no céu corria formando um arco e em seguida desaparecendo na distância. Por um momento tive medo de que um deles caísse na terra, pois com certeza eram muito maiores e ameaçadores do que vistos de longe. Mas eles não podiam nos atingir, então preferi ficar apenas com essa imagem linda para mim, de inúmeras estrelas cadentes esperando por nossos pedidos.

— Você fez um desejo? — perguntei.

Ela confirmou com a cabeça.

— E você?

Eu respondi que não. No meio de toda essa confusão que anda minha vida, eu nem sei o que deveria pedir.

20 de novembro

Temos muitas questões a resolver.

Ontem passei muito tempo digerindo tudo que aconteceu na noite anterior. Preciso conversar com a banda. E com Andrea. E Jeremias ainda não apareceu.

...

Em nosso primeiro ensaio após a grande notícia, o foco foi completamente voltado à nossa própria organização: definimos dias fixos para os ensaios, listamos todas as músicas que dominamos para criar a *setlist* do *show* e discutimos a equipe que precisaremos:

— Alguém forte, que possa nos ajudar com o equipamento e instrumentos — indicou David. — Um *roadie*.

— Que tal seu irmão? — sugeri a Ric.

— Meu irmão anda bem ocupado. Mas eu posso falar com Marco — respondeu. — Ele está sempre à procura de bicos.

— Acho que seria bom termos um produtor também — apontou Lina. — Alguém que lide com as partes burocráticas e falatórios para nós.

— Eric é bem organizado — lembrou David.

É uma ótima opção. Falei que eu poderia conversar com ele no colégio.

— Não precisa! — apressou-se David em dizer. — Eu posso falar com ele.

Não entendi por que David queria ter essa responsabilidade quando ele era justamente o único que não estudava com Eric, mas se ele quer ajudar de alguma forma que não seja só concordando com tudo, melhor.

Ninguém falou sobre o ocorrido de dois dias atrás e Lina não parecia ressentida. Foi como se nada de diferente tivesse acontecido entre nós.

— Não mencione a situação de Lina com Andrea, ela ficou bem arrependida — disse Bárbara quando passou por mim no colégio.

Mas eu não precisei comentar, pois foi ela quem me ligou agora a pouco e puxou o assunto. Ela soava preocupada.

— Mas você não sabia — tentei confortá-la.

— Mas eu acusei Lina de ser exibida — respondeu —, enquanto o que ela mais tentava fazer era esconder algo sobre si. Me sinto uma pessoa horrível.

— Ela não está brava com você.

— Mas eu estou brava comigo — desabafou.

Culpa é um sentimento de merda, pois é o sentimento que nos faz querer voltar no tempo e mudar nossas ações.

— Por que você não conversa com ela? Talvez, faça vocês duas se sentirem melhor — sugeri.

Ela não poderia desfazer seu erro, mas poderia mudar o rumo de suas consequências. Andrea concordou e perguntou sobre o ensaio. Contei sobre os preparativos para o *show* e pedi se ela não poderia ir também, para tirar fotos e ajudar em nossa divulgação. Ela topou. Também contei sobre a participação de Eric e Marco.

— Marco? Por que ele? — perguntou.

— Por que não? — eu quis saber.

— Ele é legal e tudo mais. Mas é que... às vezes algumas coisas duvidosas passam pela cabeça dele — respondeu.

Eu entendi o que ela quis dizer. Eu também tenho pensado sobre algumas coisas que ele me disse quando nos conhecemos que me trouxeram dúvida. Mas não quero pensar muito sobre isso. Preciso focar nos ensaios agora.

23 de novembro

Não sei dizer se as coisas estão sendo mais fáceis ou mais difíceis do que nossa preparação para a Semana Cultural. Por um lado, hoje a banda já tem mais intimidade e trabalhamos melhor juntos. Já nos conhecemos o suficiente para entender as manias de cada um e a conexão entre nós cresceu, de forma que com poucas palavras e algumas notas musicais já captamos a ideia do outro.

Por outro lado, esse *show* é muito mais complexo do que nossa participação no concurso do colégio. Naquele dia, tocamos apenas uma música. Dessa vez, precisamos de uma setlist de ao menos uma hora. Isso são muitas músicas. Por sorte, desenvolvemos um pequeno repertório nessas últimas semanas, mas ainda precisa ser complementado e, claro, ensaiando até não ter erros.

O que quero dizer é que o desafio também é maior do que aquele que já enfrentamos.

24 de novembro

É estranho estar em casa e não ouvir a porta sendo arranhada pelas garras de Jeremias. Às vezes, eu desejava que ele não estivesse aqui, quando ele começava a fazer muita bagunça. Agora, sinto falta da bagunça porque pelo menos sabia que ele estava bem. Ele não é gato de rua, não acho que ele saiba se virar no mundo lá fora. Se ele não voltar, na melhor das hipóteses espero que alguém o tenha encontrado e adotado. A rua não é lugar para ele.

25 de novembro

"Don't Stop me now, I don't wanna stop at all.[16]*"*
Não me pare agora, eu não quero parar mesmo.

Até agora, nossa *setlist* está assim:
1. You Only Live Once

---

[16] Don't Stop Me Now, Queen, 1979.

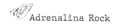
Adrenalina Rock

2. *Satisfaction*
3. *Naive*[17]
4. *Basket Case*
5. *Take Me Out*[18]
6. *I Bet That You Look Good On The Dancefloor*
7. *Don´t Stop me now*
8. *Song 2*[19]

Temos um bom começo. Mas precisamos definir ao menos umas 15 músicas até o fim do mês. Decidimos fazer ensaios todos os dias até lá. Tomara que seja suficiente.

27 de novembro

Andrea me chamou para conversar hoje, no colégio.

— Você não tem estudado — ela me lembrou.

— Com os ensaios, não estou tendo tempo. Depois do *show*, nós voltamos a estudar.

— Mas o vestibular já está chegando — eu nunca a tinha visto tão séria.

Ela está certa. Eu deveria estar estudando mais. Mas, agora, não dá.

— Eu juro que depois da apresentação vamos estudar muito. Mas preciso focar nos ensaios, não podemos passar vergonha na frente do Roberto Cruz — respondi.

— Will, – disse ela lentamente — isso é tão importante quanto o *show*. Você quer ser aprovado, né?

Sim, eu quero. Mas Andrea precisa confiar em que eu sei o que eu estou fazendo.

— Você não tem que se preocupar com isso — disse a ela. — Não precisa falar como se fosse a minha mãe.

---

[17] The Kooks, 2006.
[18] Franz Ferdinand, 2004.
[19] Blur, 1997.

Ela afirmou com a cabeça e retraiu os lábios. Então, virou-se e foi embora. Não me disse nem tchau.

Merda.

28 de novembro

Os ensaios passam todos os dias como uma breve descarga elétrica. Quem visse aquela banda sem rumo que éramos antes do concurso musical não imaginaria que é a mesma banda que somos hoje. Não temos mais longas discussões sobre cada música, nem perdemos tempo nos acanhando em dizer o que pensamos.

As outras músicas que vamos tocar são:

9. *Two princes*[20]
10. *Closing time*[21]
11. *I Don't Wanna Miss a Thing*[22]
12. *Are You Gonna Be My Girl*[23]
13. *Island in The sun*[24]
14. *Last Nite*[25]
15. *Rebel Rebel*[26]

E acredito que a lista não vai mudar até o grande dia. Afinal, ele já está chegando.

1 de dezembro

Chegou o mês do aniversário de Roberto. Meu coração acelera quando penso sobre isso. Apesar de os últimos ensaios terem sido produtivos, sinto que será diferente tocar sob a pressão de tantas pessoas nos observando.

---

[20] Spin Doctors, 1991.
[21] Semisonic, 1998.
[22] Aerosmith, 1998.
[23] Jet, 2003.
[24] Weezer, 2001.
[25] The Strokes, 2001.
[26] David Bowie, 1974.

— Tenho medo de que algo dê errado na frente de todo mundo — confidenciou Ric, quando voltávamos para casa hoje.

— Não tem nada para dar errado — tentei nos convencer disso.

Andrea é sempre otimista e prevê nosso sucesso:

— As pessoas vão querer saber quem vocês são, depois de verem seu talento — disse-me —, por isso criei uma comunidade no Orkut para vocês.

Agradeci, sem saber muito bem o que isso significa. Mas, se as pessoas o acessam, é bom que estejamos lá também.

7 de dezembro

Hoje, será nosso último ensaio antes do *show*. Sinto que estamos preparados, musicalmente falando, e, acima disso, há uma sensação que compartilho com a banda. Vejo no rosto de todos.

— Minhas mãos estão se mexendo sozinhas já — brincou David, enquanto vibrava os braços no ar. — Daqui a pouco as baquetas vão pegar fogo.

É como se estivéssemos rodeados de eletricidade, como ondas que passeiam entre nós, sempre prestes a faiscar em contato com nossa pele. Quase posso sentir a estática na ponta de meus dedos ao aproximá-los das cordas da guitarra. Minha bateria está carregada e pronta para ser usada.

8 de dezembro

"I've been waiting a long time for this moment to come,
I'm destined for anything at all.[27]*"*
Eu estive esperando há tanto tempo para esse momento chegar,
Estou destinado para qualquer coisa.

Chegou o dia.

---

[27] Waiting, Green Day, 2000.

Em poucos minutos, saio de casa para encontrar Ric. Eu e ele vamos juntos ao colégio, onde David e seu motorista nos buscarão. Tomara que eu não machuque o dedo tocando, pois ontem arranquei um pedaço da unha do polegar com os dentes. Ric não está atendendo às minhas ligações. Tenho que ir procurá-lo.

Mais tarde venho contar como tudo correu. Até mais.

9 de dezembro

Meu Deus.

Ontem cheguei em casa tão esgotado que caí em minha cama e só me mexi novamente pela manhã. Não tive forças para relatar TUDO o que aconteceu. Minha nossa. Vamos por partes, porque, senão, vamos nos perder na história.

Bati na porta do apartamento de Ric e não tive resposta. Como de costume, entrei sem bater e fui à procura dele, me esgueirando entre as caixas de tralha espalhadas pela sala. Chamei seu nome, silêncio total. Entrei no quarto e não vi sinal seu. Chamei mais uma vez.

— Oi — escutei sua voz responder, baixa e grave, quase como se não quisesse ser ouvido.

Olhei pelo quarto e ainda não consegui enxergá-lo. Segui o som da voz com os olhos, que me direcionaram à prateleira de livros que divide o cômodo. Por trás dos livros, consegui distinguir sua silhueta do outro lado. Ele estava sentado na cama de sua avó, de costas para mim. Atravessei para o outro lado do quarto.

— Precisamos ir, Ric.

Nenhuma resposta. Percebi que ele segurava algo nas mãos. Era sua agulha de crochê, dando origem a um cachecol. Não um cachecol comum, mas um cachecol tão comprido que poderia aquecer o pescoço de uma girafa.

— Que porcaria é essa? — perguntei.

— Eu estou fazendo isso desde que me levantei — e pelo jeito não soube como parar, pensei.

Ele estava nervoso e eu não entendi o porquê.

— E desde quando você tem medo de palco? — perguntei.

— Eu não tenho medo de palco...

— Você já tocou para o colégio inteiro — continuei. — E não havíamos ensaiado nem metade do que ensaiamos agora. Você não precisa ficar nervoso com o *show*.

— Eu não estou nervoso *com o show*. É que é uma festa... — falou enquanto se levantava e deixava as agulhas de lado. — Vamos.

Desisti de entendê-lo no momento pois precisávamos ir rápido. Caminhamos até a porta e, antes de sair, dei uma olhada em Ric e vi suas mãos vazias.

— Ric! — exclamei com indignação, apontando para suas mãos.

Ele olhou em volta, então para mim. Os olhos perdidos.

— O seu baixo! — lembrei-o.

— Ah, é! — sorriu ele ao entrar de volta a casa. — Quase esqueço de novo.

Ric voltou com o instrumento em mãos e seu sorriso cresceu no rosto ao dizer:

— Estou pronto!

Chegamos ao colégio bem a tempo de ver o carro de David se aproximar. Não esperava ver Eric no banco de trás quando abri a porta. Entramos e nos espremermos para dividir espaço com nossos instrumentos.

— E a sua bateria? — perguntei a David, que estava no banco do carona apenas com suas baquetas.

— Marco disse que iria levar — respondeu.

Tive calafrios só de pensar nos tambores pulando nos bancos daquela lataria velha de Marco. Só desejei que chegassem vivos. David não parecia preocupado. O percurso passou em silêncio e, se todos estivessem pensando o mesmo que eu, tinham todo o cérebro voltado aos memorandos do ensaio: a progressão de acordes, a atenção para a batida, as correções de Lina. Quando o carro freou, o solavanco me tirou de dentro da minha cabeça.

Olhei pela janela do carro e vi uma casa que parecia ter saído de algum filme americano.

— Essa é a casa do Roberto Cruz? — perguntou Ric quase grudando o rosto no vidro da janela.

— Sim, chegamos — respondeu o motorista.

Saí do carro e pude observar melhor. Era uma casa térrea coberta de incontáveis tijolinhos avermelhados. No seu topo, um telhado baixo e escuro, combinando em cor com o batente de madeira das janelas. Cada uma delas era enfeitada com uma floreira. Mas o que verdadeiramente chamou nossa atenção foi a decoração. O Natal está chegando, porém, longe do shopping, não se vê o clima natalino. Mas ali, cada arbusto do jardim, cada janela e cada floreira formavam pequenas constelações com as luzes dos pisca-piscas. Caminhei com minha guitarra em direção à casa e, ao me aproximar, percebi que pequenos sinos, miniaturas de esquilos com gorros de Papai Noel e anjinhos se escondiam entre as luzes. Na porta de entrada, uma guirlanda abrigava dois bonecos de neve que seguravam uma placa de boas-vindas.

Eric tomou a frente como nosso produtor e bateu à porta. Ouvimos o som de muitos passos se aproximando, até a porta abrir. Roberto Cruz daria um ótimo cientista maluco em um filme de ficção. Acho que o cabelo dele nunca viu um pente. E a barba cresceu desgrenhada e marmorizada por pelos grisalhos. Ele veio nos atender usando calças de pijama e um enorme sorriso.

— Que bom que chegaram! — disse ele após Eric nos apresentar. — Estava ansioso para conhecê-los.

Uma criança de pijama se escondia atrás de suas pernas e nos observava, alternando o olhar entre nós e os instrumentos. Era seu filho mais novo.

Roberto nos conduziu até o quintal, passando por dentro da casa. Na sala e cozinha, mais luzes e enfeites natalinos. Seu filho pegou um pequeno globo de neve e nos mostrou como os flocos caíam devagar, maravilhado. Lembrei de quando eu era pequeno e meus pais me levavam ao shopping ver o Papai Noel. Eu gostava do velhinho, mas o que atraía meus olhos como um ímã sempre foram as luzinhas. Uma infestação de pirilampos, eu pensava. E lá estavam eles de novo, espalhados pela casa de Roberto Cruz.

Fora da casa, uma pequena estrutura de palco havia sido montada para nós a poucos metros de uma lareira externa e da piscina. Quando não há o palco, o gramado deve ser um espaço muito legal para as crianças brincarem. Marco já estava no palco montando a bateria, e Eric prontamente juntou-se a ele, tomando o dobro de cuidado para não arranhar as peles dos tambores. Pude ouvir David suspirar, talvez em alívio ao ver que seu equipamento estava em boas mãos.

No pé do palco, Lina puxava os cabos de sua guitarra. Virou-se para nós ao perceber que tínhamos chegado. Por um breve segundo, duvidei que fosse ela, pois nunca a tinha visto assim. Ela tinha os olhos pintados de preto e o cabelo preso com muitas fitas vermelhas, combinando com a cor da sua roupa. Nos pés, as mesmas botas militares de sempre. Mas o que me surpreendeu foi a perna. Ela não estava escondida sob uma saia longa ou calças largas, como de costume. Pela primeira vez desde que a conheci, Lina escolheu usar uma saia na altura dos joelhos que deixava sua prótese à mostra. Não só isso, a prótese chamava toda a atenção para si, pois estava repleta de mandalas desenhadas em caneta preta, criando uma estampa psicodélica hipnotizante conforme Lina se movia.

— Sua perna... — eu disse, sem saber como terminaria essa frase.

— Tá maneira demais! — completou Ric com entusiasmo.

Lina olhou para a prótese e a balançou, deixando o sol refletir em seu metal.

— Obrigada — respondeu. — Foi Andrea quem pintou.

Fiquei feliz em saber que conversaram. Espero que tenham resolvido suas intrigas. E fico ainda mais feliz em ver Lina exibir sua perna de metal sem constrangimento. Parei de encará-la para não ficar estranho e observei a banda, nós quatro frente a frente. Se eu não soubesse, jamais diria que essa seria a banda contratada para a festa de Roberto Cruz: Lina com seu modelito cor de sangue, digno de uma vampira da televisão; Ric parecendo um lençol amarrotado logo que sai da secadora de roupas; David com sua camisa de ir à missa de domingo; e eu, com meu jeans favorito que usei todos os dias para ir ao colégio. Todos juntos parecíamos o ensopado de peixe com banana que minha mãe faz nos feriados, uma mistura sem sentido e com tudo para dar errado. Mas Roberto não parecia ligar para isso, afinal, ele mesmo estava com a cara de alguém que acabou de acordar:

— É tão bom ver gente jovem e artista! — riu, puxando eu e David pelos ombro pra um abraço. — Vou deixar vocês arrumando tudo e quando os convidados começarem a chegar, podem tocar! — e saiu.

Comecei a desenrolar os cabos quando ouvi a voz de Andrea:

— Lá vem meu rockeiro favorito!

Olhei para trás e a vi se aproximando junto à Bárbara. Ela era puxada pelo filho de Roberto por uma mão. Na outra, segurava a câmera digital dos irmãos de Lina, já gravando. Sorri ao vê-la e dei tchau para a câmera. Ric se colocou à minha frente, tampando a lente com sua cabeçona:

— Hoje, é nosso *show* de estreia! — disse com o nariz quase grudado na filmadora. — Viemos pra derrubar a casa de Roberto Cruz com muito rock'n'roll! — e fez um sinal de rockeiro com as mãos.

Andrea riu e desviou a câmera de Ric, apontando para o palco. David mandou um beijo e soprou-o no ar:

— Um beijo para a Amanda Castro, se ela estiver assistindo.

— Quem sabe ela não vem te ver ao vivo hoje? — respondeu Lina.

— Eu desmaiaria e Eric teria que assumir a bateria — brincou ele.

Eric riu. Andrea abaixou a câmera e Bárbara levou a criança para ver os instrumentos.

— Vocês vão arrasar hoje — falou Andrea. — Com certeza todos vão virar seus fãs. Eu, pelo menos, não vou tirar os olhos de você... — continuou enquanto tirava algo de sua bolsa. — Eu fiz isso.

Ela me mostrou dezenas de papéis com sua caligrafia e pequenas caricaturas dos quatro membros da banda.

— Uau! — eu disse. — Está igualzinho a gente!

Olhei mais uma vez com atenção aos detalhes e ri ao perceber o topete de David, o sorriso de Ric com seus dentes tortos, a pinta de Lina sobre a sobrancelha e até minhas orelhas grandes.

— Isso ficou maneiro demais! — eu não conseguia parar de sorrir. — Por que você fez isso?

— São panfletos. Vou distribuir ao fim do *show* para que as pessoas conheçam melhor a banda.

Foi uma ideia genial, disse isso a ela. Suas bochechas coraram. Em seguida, Bárbara se aproximou avisando que os convidados estavam chegando, ao que Andrea respondeu se afastando com um sorriso sem mostrar os dentes. Juntei-me ao resto da banda no palco para um breve teste de som. Tudo correu bem. Eric ajustou a correia em meu torso e pediu para que eu conferisse se estava segura e confortável. Quando certificou-se de que estava tudo certo com todos nós, desceu do palco, deixando o quarteto sozinho e evidente acima de todos.

Olhei para o quintal. O céu escurecia e os pisca-piscas ficavam mais brilhosos. Alguns convidados já serviam taças de espumante e aperitivavam em volta da piscina. Muitos deles traziam seus filhos e logo o pequeno grupo de crianças partiu para jogar bola. Dali a pouco, o restante dos convidados chegariam e o pátio ficaria cheio, mas, naquele momento, já senti como se houvesse olhos demais me observando. Chequei a banda, estávamos todos prontos.

— Boa noite, pessoal — disse ao microfone, minha voz ressoou pelo ar sem paredes para interrompê-la. O volume estava alto, senti como se toda a vizinhança pudesse me ouvir. — Somos a banda Adrenalina Rock e vamos fazer um som eletrizante para vocês essa noite!

Ao fundo, Roberto assoviou com os dedos. Vi que ele não tinha trocado de roupa e circulava de roupão no meio da festa. Respirei até meus pulmões inflarem e senti meu corpo aquecer. Olhei para David e ele afirmou com a cabeça, então expirei o ar deixando com que minhas mãos tocassem as cordas da guitarra enquanto David puxava a percussão de *You Only Live Once* e...

Deu tudo errado.

Tocamos as primeiras notas da introdução tentando encontrar o ritmo, atropelando uns aos outros no caminho. Não se podia nem identificar que música era. David parou de tocar, então paramos junto dele.

Vasculhei o público. Alguns convidados olharam para o palco ou beberam de suas taças disfarçadamente. Procurei Andrea e a encontrei sorrindo de volta para mim. Olhei para Eric, que estava na lateral do palco. Ele percebeu o que acontecera e olhou para David, depois fez um sinal com a mão para que continuássemos. Ric secou o suor da cabeça e mordeu os lábios. David levantou as baquetas, chamando nossa atenção para si. Ao ter a certeza de que todos estávamos observando, baixou os braços. Mais uma vez, David nos deu a deixa de quando começar, mas quis ter certeza de que tínhamos entendido, então bateu no prato da bateria três vezes:

3, 2, 1 e...

As músicas passaram por mim como um raio no céu. Depois que finalmente demos início à primeira música, não paramos até o último acorde de Bowie. Eu não me lembro da performance de nenhuma música que tocamos em particular. Mas lembro de sentir o toque metálico e gelado das cordas da guitarra. Da vibração do bumbo de David ecoando pelo chão do palco e descarregando nos meus ossos. Dos pisca-piscas, e como às vezes não podia dizer se eram luzes ou olhos me assistindo na noite escura. As palmas. Os assobios. Os sorrisos. O pátio se enchendo com mais pessoas conforme o *show* ia passando, até estar completo. Andrea dançando com os cabelos no ar. Tudo foi um *flash*. E, quando me dei conta, já estava dizendo:

— Nós somos a banda Adrenalina Rock! Muito obrigado pela energia esta noite e nos vemos em breve!

Já fora do palco, não tinha fôlego para responder às pessoas, mas me sentia estranhamente revigorado. Marco entregou garrafas de água a cada um de nós e eu bebi uma inteira enquanto Ric vertia a sua sobre a cabeça, que já estava encharcada de suor.

— Os baixinhos botaram pra quebrar na festa do coroa! — comemorou Marco. — E as tchutchucas se amarraram no som do Rock! — brincou enquanto imitava o jeito que as convidadas dançavam e fazendo biquinho.

Eric chegou enquanto ríamos já botando ordem para Marco desmontar o equipamento e carregar o carro. Quando Roberto veio ao nosso encontro, já havia perdido o roupão, assim como qualquer resto de timidez que poderia ter desde nossa chegada. Durante o *show*, vi que dançou suas músicas favoritas, abraçou seus amigos e roubou um gole da bebida de cada um. Sua voz soava cheia de alegria e pude ver que estava tendo o aniversário de seus sonhos apenas em casa com seus amigos. Não posso mentir, também criei a expectativa de que veria alguns rostos conhecidos da TV naquela noite, gente chique e famosa. Porém, a realidade foi o completo contrário. Nunca tinha visto nenhuma daquelas pessoas antes. Na verdade, acho que eu jamais veria alguém como eles na TV. Era uma galera absurdamente... *normal*. E não estou colocando nenhuma ofensa nisso. É só que as pessoas da TV tem cara de gente da TV: dentes mais brancos, cabelos mais lisos, corpos mais sarados. Mas só de olhar para o gramado da casa de Roberto, já dava para ver que ele não tinha convidado ninguém do seu trabalho. Poderiam ser amigos de infância, vizinhos e parentes próximos. Pessoas que você vê na rua quando vai à padaria. Foi aí que me fez sentido o fato de Roberto ter contratado uma banda desconhecida e não uma grande banda famosa.

— Não foi dessa vez que você viu a Amanda Castro — Bárbara provocou David mais tarde.

Talvez, o pessoal da TV seja mais difícil de agradar. Ou, melhor, de impressionar. Acho que quem estava lá gostou de nos ouvir. Depois do *show*, nos juntamos à galera para comer e recebemos diversos elogios. Perdi a conta de quantas mãos levantaram para um "toca aqui". E claro que Andrea não perdeu tempo. Dançou com cada grupo, tirou todos de seus assentos e distribuiu nossos panfletos até se esgotarem. Vendo ela no meio das pessoas, parecia até ser uma das convidadas.

Roberto nos serviu um espumante, para um brinde. Enquanto bebíamos, David apontava para o céu e explicava a posição das estrelas. Bárbara completava cada frase com um comentário sobre a influência dos astros sobre seu horóscopo. Pelo canto do olho, vi Ric despejar a bebida de sua taça em uma planta, mas eu continuei bebendo, pois nunca tinha tomado espumante e gostei de provar. Fora as bolhas, não parece cerveja. E não tem gosto de uva, como eu pensei que teria.

Não acompanhamos a festa até seu fim, mas imagino que muitas horas se estenderam no quintal. Quando partimos, até um karaokê já estava sendo improvisado no palco. Mas eu não podia ficar mais. Prometi para minha mãe que não voltaria tarde, porque hoje eu tenho que estudar. E Ric já estava me apressando para irmos logo.

— Não precisamos ficar para a festa, o *show* já acabou — ele disse.

David nos deixou em casa e eu me deparei com uma janta feita pela minha mãe esperando por mim na cozinha. Raspei a panela. Ainda que já estivesse com a barriga cheia dos aperitivos, me senti reconfortado com a refeição. Era ensopado de peixe com banana. Acho que é minha combinação favorita.

Dormi com o zumbido do palco ainda dentro dos meus ouvidos, como o som do mar guardado nas conchas. Não quis pensar sobre nosso começo dessincronizado. Nem sobre o combinado com Roberto. Nem mesmo sobre o que Ric, Andrea ou Lina estavam pensando sobre aquela noite. Só queria dormir com aquela sensação de formigamento dentro das minhas veias. Talvez, eu tenha sonhado em estar no palco de novo. Talvez, esse seja o meu sonho.

10 de dezembro

Lina convocou uma reunião e é óbvio que ia sobrar pra mim. Precisamos conversar sobre a banda, ela disse. Como de costume, fomos à casa de David, mas dessa vez não precisamos levar os instrumentos. Agora, preciso admitir algo e não quero você pensando que eu sou franguinho, tá? Mas não é brincadeira, eu tenho *sim* medo dela. Quando ela falou que precisamos conversar, senti um arrepio na espinha. E dado nosso infame início do *show*, não esperava nenhum elogio. Estava me preparando para Lina me descascar até a polpa. Mas o que aconteceu foi o completo contrário.

Ao me encontrar, ela apenas estendeu a mão para o alto com um sorriso e eu me aliviei em retribuir batendo a palma da minha mão contra a dela, enquanto ela dizia:

— Arrasou! Missão cumprida.

Adrenalina Rock

Nossa. Ouvir isso depois de tanto sermão... eu realmente não esperava por toda essa simpatia. Pode ser que Lina tenha sido abduzida. Quando disse isso a ela, ela riu sem jeito. Foi só então que percebi que não havíamos conversado durante a festa, em meio a tantas pessoas e acontecimentos.

— Você também foi sensacional! — eu disse. — E sobre o incidente da primeira música...

Ela pediu para que eu esquecesse o acontecido.

— Foi só nosso primeiro *show* — justificou —, isso não vai mais acontecer nos próximos.

Apenas de pensar na ideia de um próximo *show* senti uma onda quente me invadir. Eu quero muito isso.

— E sobre o que eu queria falar. — iniciou Lina — precisamos tratar com o Roberto Cruz para recebermos nosso cachê e, mais importante do que isso, gravar nosso videoclipe.

— No final das contas, o clipe vai ser nosso principal meio de divulgação — complementou David.

Acho que fiquei tão empolgado com a ideia do *show* que nem me atentei às questões burocráticas. Não tínhamos nenhum acordo formal ou contrato com Roberto para nada disso. Vou pedir para que Andrea entre em contato com ele novamente para decidirmos como e quando isso será feito. Mas nosso próximo passo agora é fazer uma escolha muito importante: que música vamos gravar para o videoclipe? Consideramos gravar um cover de alguma das músicas que já ensaiamos, pois estamos nos saindo bem. Mas Ric fez um comentário:

— E se a gente tivesse uma música autoral?

A princípio, parecia uma ideia muito complicada para colocar em prática. Nós não temos nenhuma música autoral.

— Pensem bem — continuou ele. — Qualquer um pode fazer um cover. Nós mesmos já temos um no YouTube, e devem existir outros tantos amadores. Mas, se nós vamos fazer um clipe *profissional*, não seria também mais profissional ter nossa própria música?

101

— Acho que você tem um ponto — disse David —, talvez fosse um desperdício usar essa oportunidade para gravar uma música que já existe.

— Exatamente! — respondeu Ric. — e esse seria nosso diferencial. Não seríamos "só mais uma banda". Teríamos um material próprio para divulgar.

Tudo isso fazia muito sentido, mas eu já sabia o que me esperava.

— E quem vai escrever a música? — perguntei.

Os três vidraram seus olhos em mim. Sorriam como crianças depois de jogar o resto de brócolis para o cachorro comer. Entendi galera, ideia *genial.*

— É que você é muito bom com palavras! — Lina explicou.

— É verdade — reforçou Ric. — Quando você está no palco conversando com a plateia, todos se animam! E lembra quando o conselho da escola mudou de ideia porque você escreveu a carta defendo o David e…

— Carta me defendendo? — cortou David.

Ric e sua bocona.

Até aquele momento, não tínhamos contado para David que sua participação na banda quase nos desclassificou do concurso. Ric corou e riu, sem graça. Explicamos rapidamente o desfecho da situação, ao que David respondeu:

— Bom, agora só tenho mais motivos para querer você como nosso compositor, além de meu advogado.

Ótimo. Agora me arranjaram mais uma coisa para pensar. Como que eu vou escrever uma música?

Eu já pensei sobre isso algumas vezes. Já escutei muitas canções que fizeram meus cabelos arrepiarem e pensei: como pode uma pessoa ter escrito isso? Uma poesia e melodia original, que ninguém pensou antes, como é possível? Como ter certeza de que ninguém fez aquilo que você está fazendo? E, mais do que isso, como é possível que aquilo que eu estou apenas ouvindo faça eu sentir coisas? Como alguém consegue transmitir histórias e sentimentos apenas pelo som? Já imaginei como deve ser compor algo e as pessoas se identificarem e gostarem. Isso me parece uma das coisas mais impressionantes que alguém é capaz de fazer. Então como poderia logo eu fazer isso?

Apesar de eu ter gostado da ideia da música autoral, não sei se vou conseguir fazer isso pela banda. Mas também não quero decepcioná-los. Como eu saio dessa?

12 de dezembro

Não gastei meu tempo para tentar escrever a música, pois meu pensamento estava ocupado com outra questão que não consigo entender. Ontem, encontrei Andrea para estudarmos e perguntei sobre nosso cachê.

— Não sei, Will — respondeu. — A princípio, Roberto deveria ter acertado isso com vocês na noite do *show*. Ele não disse nada?

Nem havia mencionado o assunto. Será que ele esqueceu? Era uma possibilidade. Mas e se ele não tivesse esquecido?

— Eu vou conversar com ele — ela me assegurou. — E, a propósito, como vão os planejamentos para a gravação do videoclipe?

Contei para ela que a banda queria que eu escrevesse uma canção original e como eu não sabia sobre o que compor.

— Você tem que se inspirar em seus sentimentos, coisas que te façam feliz ou até mesmo pessoas... faz sentido? — sugeriu Andrea.

Afirmei que fazia todo o sentido.

— Eu gosto de fazer arte para as pessoas com quem eu me importo — continuou. — Você já pensou em escrever uma música para alguém?

Balancei a cabeça dizendo não, ao que ela assentiu e abaixou os olhos. Depois, levantou e disse que precisava ir para casa.

— Mas a gente não terminou de estudar! — eu disse.

— Outro dia a gente continua. Acho que você não precisa que eu te explique tudo, né? — e foi embora.

Foi alguma coisa que eu disse?

13 de dezembro

Andrea desmarcou nossos estudos desta semana. Eu ainda tento entender por que ela foi embora naquele dia. Por causa disso, tenho estudado em casa sozinho. Jamais pensei que diria isso, mas sinto falta da bagunça de Jeremias aqui. O silêncio faz as horas passarem mais devagar.

14 de dezembro

"And what a scummy man.
Just give him half a chance, I bet he'll rob you if he can.[28]*"*
E que homem imprestável.
Dê só meia chance para ele e aposto que ele te roubará se puder.

Se esse desgraçado cruzar o meu caminho novamente, juro que ele nunca vai se recuperar do estrago que eu poderia fazer. Como pude ter sido tão ingênuo?

Andrea telefonou em minha casa e nem deu tempo de eu dizer "alô":

— Você precisa vir aqui agora! — ela gritou na linha.

— O que está acontecendo?

— Roubaram o seu cachê. Corre aqui na escola que já estou ligando para Lina vir também.

Nem bem eu havia processado as informações em meu cérebro, subi as escadas em um pulo e fui ao apartamento de Ric. O barulho de guitarra que vinha de dentro cessou quando bati a porta. Quem atendeu foi Alex.

— O que você quer? — perguntou ele, *com toda sua simpatia*.

— Preciso falar com Ric. É urgente.

Nesse momento, Ric apareceu na sala de pijama e eu o apressei para trocar de roupas para irmos ao colégio.

---

[28] When The Sun Goes Down, Arctic Monkeys, 2006.

— No colégio, hoje? — perguntou Alex. — Mas é domingo. O que tá pegando?

— Nosso cachê foi roubado, Andrea está esperando por nós.

— Roubado!? — exclamaram os dois juntos.

— O dinheiro do aparelho auditivo da vovó... — escutei Ric dizer baixinho.

Alex puxou Ric pelo braço e me atropelou ao sair pela porta.

— Vocês são muito moleques, deixa que eu resolvo isso — disse Alex sem olhar para trás.

Como bem o conheço, sei que não adiantava discutir. Sua decisão já estava tomada. Então, lá foi ele arrastando Ric ainda de pijama pelo corredor enquanto eu fechava a porta do apartamento e os seguia. Ninguém disse uma palavra no caminho até lá. De tempos em tempos, Ric olhava para trás e cruzava o olhar com o meu, tentando entender, mas, a essa altura, nem eu sabia o que estava acontecendo. Avistamos Lina e Andrea ao chegar.

— Isso não faz o menor sentido — ouvi Lina dizer.

— Mas foi o que Roberto disse... — respondeu Andrea, então ela nos viu. — Que bom que vocês chegaram, precisamos ir depressa e...

— Você foi assaltada? Te machucaram? — Alex quis entender.

— Não, eu não fui assaltada, eu estava na casa do Roberto agora mesmo e...

— Se esse velho cirandeiro tiver segurado o cachê de vocês, eu vou agora na casa dele arrancar esse dinheiro. Não é só porque ele é metido a famosinho que vai sair ileso dessa...

— Dá pra você calar a boca e deixar *ela* falar? — interrompeu Lina com a voz firme.

Tá aí algo que eu jamais teria coragem de fazer, cortar o Alex. Pela primeira vez, vi Alex abaixar o tom frente a alguém. Até ele pareceu espantado. Os dois se encararam por breves segundos. Então, ele olhou para Andrea e gesticulou para que ela continuasse.

— Eu fui à casa dele perguntar do pagamento — ela contou —, só que ele disse que já tinha pagado. Eu fiquei superdesconfiada, mas

105

ele me mostrou até um recibo marcado em papel carbono e eu não soube o que pensar.

— Mas para quem ele pagou? — perguntei.

— Marco — disparou Lina.

— Não sei — explicou Andrea. — Ele disse que pagou a um de nossos assistentes, mas não sabia dizer se era Marco ou Eric. Ele estava bem passado de espumante no fim da noite, né...

— Mas só pode ter sido o Marco — argumentou Lina —, Eric estava com a gente o tempo todo. Pode perguntar para o David.

— Aliás — disse Ric —, cadê o David?

— Não me atendeu. Eric também não... — Andrea respondeu olhando para Lina pelo canto do olho.

Lina deu de ombros. Foi só então que Alex abriu a boca de novo:

— Pera aí. Vocês não estão falando do Marco do Chevette, né?

Olhamos todos para ele e Ric confirmou com a cabeça.

— Ah, merda! — Alex bufou, então correu para o orelhão mais próximo.

Nos entreolhamos e perguntei à Andrea se ela pensava que Marco poderia ter ficado com o dinheiro. Ela o conhecia há mais tempo do que eu. Andrea apenas encolheu os ombros e desviou o olhar. Alex voltou com o cenho franzido e não nos olhos nos olhos ao dizer:

— O táxi está vindo. Vamos à casa de Marco. Não quero ouvir nenhum piu de vocês.

Andrea voltou para casa e nós esperamos o carro chegar.

— Não dá para acreditar em uma palavra que esse animal diz mesmo... — ouvi Alex dizer a si mesmo.

A viagem até lá foi breve e silenciosa. Eu não sabia o que Alex pretendia fazer quando chegássemos. Encontramos Marco em frente à sua casa lavando o Chevette com uma mangueira. O porta-malas estava aberto, expondo as caixas de som ao vento, que espalhavam a música pela rua. O táxi baixou a velocidade e começamos a descer do carro. Marco percebeu a movimentação e desligou o som. Antes de sair, Lina disse algo ao motorista, que assentiu, então deu a partida e desapareceu ao dobrar a esquina. Ao nos reconhecer, Marco largou a mangueira de lado e abriu um largo sorriso em seu rosto, mas Alex não retribuiu.

— *Pavio*! Há quanto tempo! — cumprimentou Marco. — O que vocês estão fazendo aqui? E por que o Tampinha tá de pijama?

— Sem tempo pro seu papo furado — Alex retrucou. — Cadê o dinheiro do meu irmão?

— Que dinheiro? — ele estava se fazendo de desentendido.

— Roberto Cruz disse que entregou o cachê para você. Onde está?

— Eu não sei do que você está falando…

Enquanto os dois discutiam, Lina fez um sinal de silêncio para mim, então esgueirou-se de fininho pela traseira do carro e entrou pelo porta-malas. Olhei para Ric e vi que ele havia percebido a manobra de Lina, mas Marco não, pois estava de costas para o carro. Pela janela do Chevette, vi Lina vasculhar o banco de trás. Ela me encarou pela janela com semblante preocupado, depois apontou para Marco e fez um sinal de boca com a mão, indicando que eu falasse. Na hora, entendi o plano, que já havíamos executado tantas vezes antes. Era hora das minhas habilidades de enrolação entrarem em ação.

Nesse momento, Alex tinha perdido sua paciência — que já não é muita — e a cada frase seu tom de voz subia um degrau. Senti que ele poderia descer a mão em Marco a qualquer momento. Mas Marco agia como se estivesse em uma conversa de bar: nem um sinal de preocupação. Contrariei Alex e dei meu piu:

— Viu, Alex? Eu disse que não tinha sido ele — comecei dizendo.

Alex virou-se para mim com a maior feição de perplexidade que já vi.

— Por que Marco faria isso se ele está apenas ajudando a gente? — continuei.

— Irmão, dá pra você… CALAR A BOCA? — eu sabia que minha intromissão iria irritar Alex, mas tentei não transparecer a insegurança.

— Exatamente, Palito! — Marco sorriu com meu apoio. — Eu não teria motivos para fazer um *absurdo* desses. Escute o carinha, Alex.

Alex rangeu os dentes ao me encarar. Mas ele estava mais ocupado com Marco para se preocupar comigo. Por trás da cabeça de Marco, vi Lina me mostrar um papel pela janela. Rapidamente identifiquei que era um recibo, como Andrea havia dito que viu na casa de Roberto. Eureca, o dinheiro deveria estar lá também. Eu só precisava ganhar mais tempo para Lina.

— Bem, agora que sabemos que não foi você — falei a Marco —, precisamos negociar sua participação em nosso próximo *show*.

Quase pude ver o vapor saindo das orelhas de Alex:

— Você não está ajudando! — ele disse.

Mas acredite, eu estava.

— Próximo *show*? — a curiosidade de Marco estava atiçada.

— Sim, já temos nosso próximo *show* agendado para esta semana... — inventei.

— CHEGA DE PALHAÇADA! — Alex tinha atingido seu ponto máximo de irritação. — Você! — disse ele apontando para mim. — Para de falar merda e não se meta mais nessa história. E você — disse apontando para Marco —, é um puta de um mentiroso desgraçado e eu deveria ter dito que você não vale um centavo quando ficou dando em cima da minha namorada!

Tenho certeza de que essa fofoca teria sido muito mais interessante se nós não estivéssemos tentando solucionar um crime. Marco mais uma vez tentou desviar o assunto de sua pessoa:

— Olha, a culpa não é minha que ela estava gamada em mim. Afinal de contas, ela terminou com você por algum motivo... — Marco respondia pleno — e eu não vou ficar aqui fora sendo acusado injustamente de coisas que aconteceram no passado. Se me dão licença, vou voltar para minha casa... — ele ia dizendo enquanto fazia menção de virar-se para trás.

Mas ele não podia olhar para trás, pois veria que Lina estava no carro, e ela precisava de mais tempo. Tentei pensar depressa em algo para dizer que o fizesse querer ficar lá fora, mas só pensava que Lina ainda não havia voltado e as palavras não vinham a mim. Ele iria descobrir nosso plano e nos envolveríamos em um problema. Eu precisava falar alguma coisa, qualquer coisa para distraí-lo. Foi quando faltava apenas meio segundo para Marco se virar e eu abria a boca na esperança de que as palavras saíssem sozinhas, que vi um jato de água voar pelo ar e acertar em cheio bem na fuça de Marco. Olhei para o lado e vi Ric segurando a mangueira, com cara de que nem ele podia acreditar no que tinha acabado de fazer. Marco secou os olhos e nesse segundo vi Lina balançando um envelope pela janela.

— Achei o dinheiro! — ela gritou, enquanto saía pelo porta-malas do carro.

Marco virou-se rapidamente e avançou em direção à Lina, mas escorregou na água e caiu de bunda no chão. Enquanto isso, Lina corria pela rua com o envelope e nos apressava para a seguirmos. Saímos os três correndo atrás dela, mas não sem antes Ric realizar mais uma investida de mangueira contra Marco. Eu nunca fui do tipo atlético, mas, naquele momento, minha adrenalina agiu para que eu incorporasse um corredor olímpico. Lina virou a esquina e eu a segui, com Alex e Ric no meu encalço e Marco atrás. Ao chegar na outra rua, tive a surpresa de me deparar com o táxi que havia nos trazido nos esperando com as portas abertas. Lina o tinha avisado que voltaríamos com pressa. Entramos e, nem bem havíamos fechado as portas, o motorista acelerou. Pelo vidro de trás, vi Marco desacelerar sua corrida até desistir da perseguição e ser deixado no meio da rua como um cachorro. Ensopado.

Por cima do ronco do motor, eu podia ouvir a respiração ofegante de cada um de nós. Ric pingava de suor. Aposto que ele estava mais molhado do que Marco. O motorista perguntou se Marco continuaria nos seguindo, mas Alex garantiu que não, pois ele sabia que não havia mais chances para ele. Em que enrascada colocamos esse taxista! Mas, pelo menos, deu certo nosso plano de fuga.

— E vocês... — bufou Alex, e eu me preparei para o esporro de minha vida. Talvez, tenha até fechado os olhos. — Vocês... botaram pra quebrar. Eu não estava esperando por isso.

E eu com certeza não estava esperando por *isso*. Senti um súbito alívio percorrer minhas costas até a minha cabeça. Resolvemos o problema e não criamos outro com Alex. Maravilha. Durante o percurso de volta para o colégio, pensei em como eu, Lina e Ric conseguimos realizar uma estratégia para recuperar o dinheiro, sem ao menos trocar uma palavra. Parece que nossas tardes nas *lan houses* serviram para alguma coisa.

Ao chegarmos, Lina abriu o envelope e entregou parte do dinheiro ao motorista. Contou o resto e dividiu igualmente entre nós três, deixando uma parcela restante para David ainda dentro do envelope.

— O que vocês vão fazer com o dinheiro? — perguntou Ric.

— Não sei — respondi. — Talvez uma caixa amplificadora nova para nossos próximos *shows*. E você, Lina?

— Eu ia guardar, mas... — ela olhou para baixo e levantou a saia, revelando sua prótese.

Ela chacoalhou a coxa e o pé de metal balançou frouxamente, pendurado do tornozelo.

— Acho que, na correria, alguma peça se soltou — concluiu.

Que merda. Lina nos certificou de que conseguia ir para casa sozinha, então voltamos para nossas casas também. Guardei meu dinheiro na gaveta do quarto e fiz uma nota mental: não confiar o valor do nosso trabalho a outras pessoas. Pagamentos de cachê devem ser feitos diretamente aos membros da banda daqui para frente.

Tentei ligar para Andrea para agradecer a ajuda. Ela não atendeu.

15 de dezembro

"There's a chance that we may fall apart before too long.[29]"

Há uma chance de que estejamos distantes antes que seja tarde.

O que eu faço agora?

Procurei Andrea no colégio hoje para dizer obrigado pela ajuda na confusão do cachê e para contar como resolvemos essa história. Achei que ela iria gostar de ouvir. Encontrei Andrea e Bárbara no pátio, em uma rodinha com outras meninas que vejo sempre dando risadinhas

---

[29] We Can Work It Out, The Beatles, 1973.

por aí. Chamei as duas e já fui agradecendo com animação, pois queria que ela ouvisse logo a parte em que Ric derrubou Marco com a água.

— De nada, Will — respondeu Andrea com um sorriso pequeno.

— Você não vai acreditar em como recuperamos o dinheiro que estava dentro do Chevette! — disse, esperando dela a mesma animação.

Então, o sinal do recreio tocou e ela saiu andando com as amigas.

— Outra hora você me conta então — disse e virou as costas, me deixando para trás no pátio.

O que estava acontecendo? Por que ela estava sendo tão breve comigo? Bárbara olhou para trás e me viu sozinho e sem direção. Ela voltou a mim e, antes que ela pudesse dizer algo, desabafei:

— Eu não fiz nada pra ela ficar assim!

— Talvez, seja esse o problema — Bárbara respondeu. — Desde quando ela está agindo desse jeito?

Contei sobre a última vez que estudamos juntos e como ela reagiu à notícia de que eu estava tentando escrever uma música.

— E você prestou atenção no que ela disse? Sobre ela fazer arte para as pessoas com quem ela se importa... — senti que Bárbara estava me pressionando, como um pai conferindo se o filho conseguiu decorar a tabuada do sete.

Ela levantou as sobrancelhas e esperou que eu respondesse, mas eu não estava entendendo a que ponto ela queria chegar. Claro que eu prestei atenção, o que ela estava querendo dizer? Bárbara expirou o ar e revirou os olhos.

— Meu Deus, meninos são tão tapados! — bufou, e eu realmente me senti um tapado. — Pensa, Will. Quem foi que desenhou a logo da Adrenalina Rock? E quem escolheu esse nome para a banda? E fez panfletos para divulgar a audição e os *shows*? Quem fez tudo isso?

— Andrea... — respondi.

Bárbara bateu palmas com certa impaciência. Então, apontou para seu cérebro e arregalou os olhos para mim. Depois, saiu andando em passadas grandes e rápidas para alcançar as amigas.

Quando cheguei em casa, fiquei pensando sobre o que Bárbara disse e as coisas começaram a se encaixar na minha cabeça. Sempre achei que Andrea se disponibilizava a fazer esses favores pela banda porque somos todos amigos. E, além do mais, ela gosta de fazer arte. Ela mesmo me disse isso: "Eu gosto de fazer arte *para as pessoas com quem eu me importo*". Mas acho que aí estava o ponto principal que eu não percebi. "*Para as pessoas com quem eu me importo*". Andrea se importa comigo. E quando eu disse que não tinha pensado em escrever uma música para alguém, deixei claro que não pensava em escrever uma música para *ela.*

Mas isso não quer dizer que eu não me importo com ela, se é isso que deixei escrito nas entrelinhas. Mas como que eu iria saber que ela esperava que eu escrevesse uma música para ela para provar isso?

E a pergunta mais importante: por que as meninas não podem simplesmente dizer o que pensam?

16 de dezembro

"*I beg to dream and differ from the hollow lies.*[30]"
Eu imploro para sonhar e discordar das mentiras sujas.

É isso. Acho que entendi. Se eu não tiver entendido tudo errado.

Não quis falar com Andrea hoje no colégio. Eu não tinha certeza do que eu deveria dizer, tive medo de usar as palavras erradas e criar mais desentendimentos. Então, decidi que minha melhor opção era conversar com alguém que fosse entender o meu lado da história: Ric. Convenhamos que Ric não é nenhum gênio da psicologia, mas ele me entende como ninguém e não cria segundos significados nas coisas que digo. Fui a seu apartamento após a aula e relatei como tinha sido minha conversa com Bárbara ontem. Ele ouviu balançando a cabeça e não tive certeza se ele estava analisando a situação ou apenas esperando que eu terminasse.

---

[30] Holiday, Green Day, 2004.

— Mas por que você não vai escrever a música para ela? — perguntou quando terminei meu pequeno monólogo.

— Mas o que isso mudaria? — indaguei de volta. — Já é muito claro que eu me importo com ela. Não entendo por que ela ficou chateada com uma coisa tão boba.

— Mas talvez ela espere algo mais do que você apenas se importar com ela.

— Como assim "algo mais"? — quis explicações.

— É que vocês passam muito tempo juntos e se dão muito bem. Talvez, ela tenha esperado que isso seria mais que uma amizade...

Por um lado, fiquei impaciente com essa conclusão. Eu não posso controlar nem mesmo adivinhar o que as pessoas esperam de mim. Então, que motivos Andrea tem para ficar chateada se eu jamais dei a entender que teríamos algo a mais que uma amizade? Mas por outro lado...

... não é como se eu não soubesse. Não é como se eu já não tivesse percebido os sinais ou como se eu não tivesse imaginado que havia uma energia diferente correndo entre nós. Sim, eu podia sentir essa faísca, que brilha quando ela me toca, mas nunca chega a incendiar. Então, pensando melhor, eu entendo por que ela tinha a expectativa de algo mais. Fui eu quem nunca fez essa faísca se apagar. Mas é que...

Como eu poderia ter certeza de que isso daria certo? Nossa amizade vai tão bem — e se "algo mais" arruinasse tudo? Eu estaria colocando tudo em jogo pela incerteza e a última coisa que quero é perder Andrea. Porém, eu já estou prestes a perdê-la e não posso culpá-la pois em seu lugar eu também preferiria me afastar, em vez de não ter o que quero. Mas...

Que garantia eu tenho de que ela quer o mesmo que eu? Quem disse que ela não quer apenas se divertir e eu sou apenas mais um de seus brinquedos? Afinal, *ela não perde a chance de fisgar um marinheiro...* Marinheiro? Por que eu estava pensando isso? Eu nunca vi Andrea "fisgar" algum garoto. De onde veio essa frase? Por que ela estava no meio do meu raciocínio? Olhei para Ric e lembrei de seu irmão:

— "Não dá para acreditar em uma palavra que esse animal diz mesmo..." — soltei em voz alta.

— O quê? — perguntou Ric, confuso.

Congelei em seus olhos enquanto as informações chegavam ao meu cérebro e se ligavam acendendo lâmpadas dentro de minha cabeça:

— Alex disse que não podemos confiar no que Marco diz. E Andrea tinha me avisado que ele fala demais! — eu senti como se tivesse encontrado o ouro no final do arco-íris.

— Tá, mas já resolvemos a questão do Marco. O assunto agora é a Andrea.

— Mas está tudo conectado! — respondi.

Levantei do meu lugar e me apressei para ir embora, enquanto Ric perguntava aonde eu ia.

— Para casa — respondi. — Eu vou escrever uma música para Andrea. E provar que Marco está errado sobre tudo o que disse.

— Eu não entendi o que uma coisa tem a ver com a outra — falou Ric —, mas, se essa é sua conclusão, fico feliz em ter ajudado.

Agradeci e saí. Mais tarde, eu teria tempo para explicar essa conversa a Ric. Acontece que, na noite em que Andrea nos convidou para aquela festa (e Ric passava mal no banco de trás), eu e Marco tivemos uma conversa estranha que eu havia escondido na minha mente, sobreposta por outros acontecimentos mais memoráveis daquela noite. Mas havia um resquício, uma pequena partícula de poeira dessa conversa, que impregnava minhas lembranças e a imagem de Andrea.

Minha amizade com Andrea pode ser recente, mas é o suficiente para eu dizer que jamais imaginaria vê-la fazendo alguém de brinquedo. Então, por que eu acreditava que ela poderia fazer isso comigo? Foi dentro do Chevette, depois de uma noite cheia de imprevistos, que Marco me disse: *"ela não perde a chance de fisgar um marinheiro"*, entre outros comentários que me pareceram brincadeiras inofensivas. Mas, por algum motivo, eu acreditei que fossem verdade. E, mesmo que eu não entendesse o motivo disso, uma parte de mim enxergou Andrea como esse ser perigoso, uma sereia maléfica, que poderia me descartar assim que fosse conveniente. Apesar de sentir a faísca, não me permiti a mais do que uma amizade.

Meu Deus. Como eu pude me deixar influenciar assim? Eu fui um grande otário. Mas eu vou resolver as coisas. Para isso, eu e Andrea vamos precisar começar toda essa história novamente.

17 dezembro

Hoje, é meu vestibular. Não consigo me concentrar nos estudos. Minha cabeça está ocupada com outro assunto.

19 de dezembro

"I would say I'm sorry if I thought that it would change your mind,
But I know that this time I have said too much, been too unkind.[31]*"*

Eu pediria desculpas se eu pensasse que isso faria você mudar de ideia,

Mas eu sei que dessa vez eu falei demais, não fui gentil.

Quando encontrei Andrea no corredor, nem pude acreditar no discreto sorriso que surgiu em seu rosto. Hoje, foi nosso último dia de aula e eu não tinha visto nada similar a isso nesta semana. Tudo o que ela havia me oferecido foram desvios de olhares quando foi inevitável que nossos olhares se cruzassem. Mas, nesse momento, não. Ainda que fosse sem intenção, ela sorriu — não um sorriso de fotografia, mas um sorriso de reconciliação.

Os corredores do colégio já estavam menos movimentados do que o habitual. Talvez, muitos dos alunos tenham antecipado as férias nesse último dia em que, na verdade, não teremos nenhuma aula útil, afinal, as provas já foram. Mas minha mãe me fez vir mesmo assim e, por sorte, a mãe de Andrea também.

Ensaiei me aproximar dela esperando palavras frias e o semblante de indiferença. A bateria do meu corpo descarrega quando ela me ignora dessa forma. Preferiria que ela berrasse comigo, que dissesse tudo o que pensa sobre mim e tudo que fiz que a machucou. Mas ela passou a semana em silêncio. O "outro dia gente continua" a estudar

---
[31] Boys Don't Cry, The Cure, 1979.

nunca chegou. Nenhuma ligação. E isso foi pior do que qualquer sermão que eu poderia ouvir. Senti um grande vácuo crescendo dentro de mim, por onde as ondas de energia vibraram sem força ou brilho. Porém, quando vi seu quase-sorriso, senti que eu tinha essa chance de consertar as coisas.

Fui ao seu encontro mas quem começou a falar foi Andrea:

— Você... — ela balançou a cabeça — você foi bem no vestibular?

Não era isso que esperava sair da boca dela.

— Você se importa com isso? — perguntei.

— Sim. Eu... estou torcendo por você. Depois de tantos estudos que fizemos juntos...

— Eu não teria ido bem sem a sua ajuda — falei. — Obrigado.

— Não foi nada. E foi divertido — ela sorriu um pouco mais.

— Eu também me diverti e na verdade...

— Queria te mostrar uma coisa — dissemos os dois em uníssono.

Encarei seus olhos flamejantes por um segundo, então perguntei o que era que ela queria me mostrar.

— Não está aqui — ela respondeu. — Posso te encontrar depois da aula?

Concordei, pois seria perfeito para meu plano.

— No pátio, quando todo mundo já tiver ido embora, pode ser? — sugeri.

Ela afirmou logo que o sinal tocou e desde então não a vi mais. A última aula já acabou e estou sentado no pátio à sua espera. Meu violão está no estojo, aguardando o momento para o qual nos preparamos durante esses dias que passaram. Estou confiante, pois sei o que devo fazer. Estou nervoso também, porque não sei como ela vai reagir. Já não há tantas pessoas no pátio. Os alunos estão todos ansiosos pelas férias e não demoraram a sair daqui. Alguns funcionários fazem a última limpeza antes do colégio fechar pelo próximo mês. O sol está alto e sinto uma gota de suor escorrer pela minha têmpora. Você também sente que as férias têm um cheiro característico? Cheiro de sol, de verão. Quase todo mundo já se foi, e eu ainda estou aqui esperando, ao som das cigarras. Imaginei que à essa hora ela já estaria aqui. Será que ela vem mesmo?

...

No começo do dia, eu queria que as coisas voltassem a ser como antes mas, depois de tudo que fiz, não voltaram. Ainda bem.

Vi um único zelador restar no pátio enquanto todos os outros funcionários já deveriam estar em suas casas, planejando viagens à praia. Pensei em desistir de esperar, porém, nesse momento, ouvi a voz suave de Andrea me chamando. Virei o rosto e lá estava ela, caminhando em minha direção com uma caixa de papelão nos braços.

— Adivinha! — ela me disse, sentando-se ao meu lado no banco e estendendo os braços com cuidado para que eu visse o interior da caixa.

Quando vi, não me contive em rir de alegria, enquanto meu cérebro tentava encaixar as peças do que estava acontecendo. A imagem era de um gato preto mais magro e de pelos mais opacos do que minha lembrança de Jeremias. Mas eu tinha certeza, era ele. Eu reconheceria o reflexo de seus olhos em qualquer lugar. Coloquei as mãos dentro da caixa e levantei meu gato com cuidado, trazendo seu corpo molenga junto ao meu peito. Imediatamente ele começou a ronronar. Era Jeremias!

— Quando? Onde? Como você o encontrou? — disparei.

Andrea riu e explicou que David tinha ligado ontem avisando que Jeremias estava em sua rua, então o resgatou e o entregou a Andrea.

— Eu tentei dar um banho nele — contou-me —, mas ele não colaborou.

— Está ótimo. Estou muito feliz que ele está vivo — respondi. — Muito obrigado.

Ela sorriu e baixou os olhos. Coloquei Jeremias no chão e ele logo enroscou-se em meus pés, tentando destruir meus cadarços com as garras.

— Agora, é minha vez — eu disse, tirando meu violão do estojo e segurando-o em meu colo. — Queria te dizer uma coisa e acho que essa é a melhor forma.

Andrea encarou o violão, então olhou para mim. Seu semblante misturava surpresa e dúvida, com um fundo de satisfação. Ela sabia o que eu estava fazendo, mas talvez não conseguisse crer em seus olhos.

— Por que você está fazendo isso? — perguntou.

— Porque eu senti que deveria. Para esclarecer algumas coisas entre nós dois.

— Você não precisa, está tudo bem entre a gente — ela insistiu.

— Por favor — eu pedi —, quero fazer isso.

Então, toquei os acordes que tinha escolhido e cantei os versos que escrevi nestes últimos dias. Essa música não era apenas um presente para Andrea, mas uma mensagem que eu esperava que ela compreendesse.

Não vá embora
Como eu já fiz.
Me segure agora
E eu não vou partir.

Eu sei que há verdades
Escondidas no que diz
E eu me deixei levar por palavras que não eram suas,
Mas dessa vez não vou fugir.

É tão difícil
Crer em seu sorriso
Quando sei que vai desabar.

Mas me dê só uma chance
E a vida irá
Certamente
Começar
Novamente

Vou explicar algo que não sei se você vai entender, mas tente acompanhar o que estou tentando dizer. Quando estou no palco, o mundo é meu. Não há nada que eu não possa fazer frente ao público. Gosto de observar como as pessoas reagem às músicas, como dançam e quando se animam. Estou sempre atento à banda para mantermos a sincronia e podemos conversar durante o *show* apenas trocando olhares. Também sinto as cordas da guitarra em meus dedos e meus neurônios trabalham em conjunto para lembrar das tablaturas e realizar os movimentos com a mão ao mesmo tempo que canto os versos. Mas isso não quer dizer que, quando as vibrações do som passam pelos meus ossos, eu não sinta a melodia tal qual eu estivesse em meu quarto ouvindo meus CDs. O ritmo me invade e é impossível não me deixar levar em danças e movimentos que vêm a mim como uma avalanche: repentinos e ruidosamente. Quando dou por mim, meus pés já estão se mexendo sozinhos e meu cabelo se arrepia como se raios tentassem escapar de mim através deles. "É o demônio da performance se manifestando em você." — disse Roberto Cruz após o *show*. Minha cabeça passa por todos os lugares e, ainda assim, está em um só: a música. E eu sinto que é natural que isso aconteça em meu corpo. Música é instinto.

Mas aqui foi diferente. Sentado lado a lado com minha única espectadora, foi diferente. Meus olhos no violão e seus olhos nos meus. Eu podia sentir que ela me observava enquanto ouvia minhas palavras e não tive coragem de observá-la de volta. É claro que eu queria saber se ela estava sorrindo ou se estava corada de constrangimento. Mas simplesmente não consegui retribuir o olhar. Pela primeira vez, tive medo do público. Sabia que pela primeira vez estava mostrando uma composição minha a alguém e, mais, a música era inspirada nesse alguém. A vergonha bateu. Mesmo quando terminei de cantar, demorei alguns segundos para poder olhar para o rosto de Andrea.

— Uau, Will — começou. — Isso foi muito lindo. A coisa mais linda que alguém já fez para mim.

— Você merece — justifiquei.

— Não mereço. Você não me deu motivos para ficar chateada...

— Para com isso — cortei antes que ela continuasse. — Eu deixei tudo isso acontecer. Eu sabia que você sentia algo entre a gente, mas eu quis acreditar que não. Eu não quero perder o que nós temos.

— Eu também não quero perder isso — ela disse. — Mas fiz a péssima escolha em tentar me afastar de você pensando que isso doeria menos, mas acabou doendo mais. Eu não quero me afastar de você. Mesmo que isso signifique que seremos apenas amigos.

— Não! — respondi. — Não precisamos ser apenas amigos.

Nesse momento, vi seus olhos se apertarem em uma felicidade genuína. Então, de repente, senti seus lábios mornos encostando em minha bochecha. O calor deles fez o sangue subir às minhas bochechas e meu estômago gelou. Afastamos os rostos um do outro e não desviamos mais olhares. Deixei uma risadinha escapar. Ela estava bem ali na minha frente. Segurei sua mão, confiante de que agora as coisas estavam em seu lugar.

— Então, isso quer dizer — tentei dizer algo para descontrair após aqueles tensos segundos — que você aprovou a primeira música autoral da Adrenalina Rock?

E ela respondeu:

— Já é a minha música favorita.

21 de dezembro

Apresentei a nova música para a banda ontem. Senti o sangue correr pelo meu rosto e boca levemente seca antes de começar. E se a canção não fosse o que a banda estava esperando de mim quando me pediram para escrevê-la? Assim como fiz para Andrea, cantei a música acompanhado de meu violão.

— Mas pensem que na versão final a música vai ser completa pelos outros instrumentos, distorção nas guitarras e tudo mais — eu disse antes de começar, esperando que eles imaginassem a música como eu a imaginava.

Ao terminar, os três aplaudiram e vi que sorriam entre si.

— Mandou muito bem! — exclamou Ric entre as palmas.

— Eu adorei — completou David. — É uma letra cheia de emoção e a melodia já está presa na minha cabeça.

— Vocês estão falando sério? — desconfiei de que estavam dizendo essas coisas apenas para eu não ficar chateado.

— Claro que é sério — Lina respondeu. — A gente pediu para você fazer isso justamente porque sabíamos que você faria um ótimo trabalho.

Sorri ao me dar conta dessa perspectiva.

— Eu já até pensei em um ritmo para a percussão que vai se encaixar com a melodia! — disse David enquanto já se sentava atrás da bateria.

Ele começou a tocar com suas baquetas um ritmo bem marcado e seco. Naquele momento, já entendi o tipo de vibração que ele visualizava para a música e bati meus pés no chão seguindo o compasso. Era uma batida forte com uma pegada moderna. Com certeza cairia bem em um videoclipe ou em um *show*. Olhei para Lina e ela mexia a cabeça conforme David tocava. E eu sei que, por trás de seus olhos vidrados no chão, sua cabeça já trabalhava em um *riff* que vai fazer parte da canção. Chamei Ric e mostrei os acordes da música. Logo, ele já estava dedilhando por cima do ritmo de David.

E assim seguimos durante a tarde: testando ritmos, criando *riffs* e experimentando diferentes maneiras de tocar a nova música. Novas ideias estouravam como balões e se completavam em um jogo de peças encaixáveis. A cada minuto, a canção tomava mais forma do que idealizamos e eu senti que minha composição começou a se tornar mais do que palavras no papel, mas uma música de verdade. David anotou todos os detalhes em um bloco para que, na hora de gravarmos a música, não esqueçamos de nossas decisões. Nossa sorte é que ele tem um profundo entendimento de notação musical, porque, se dependesse de mim, teríamos apenas garranchos e meias-ideias jogadas no papel.

Não acho que faça alguma diferença se Roberto gostar de nossa música ou não, afinal, ele vai gravar nosso clipe de qualquer forma. Porém, o que eu mais quero é que ele goste. Seria um sinal de que fizemos as escolhas certas. Roberto trabalha fazendo arte para as pessoas e sabe o que as pessoas gostam de consumir. Ele vive disso. Então, se Roberto vir potencial nessa canção, sei que fizemos um ótimo trabalho. Não porque é tecnicamente bom, mas porque toca as pessoas assim como eu sou tocado pelas músicas que escuto. E o que seria mais importante para a música do que tocar o sentimento de alguém?

22 de dezembro

Nossa primeira reunião com Roberto está marcada para depois do Natal, mas já o avisamos por e-mail que gostaríamos de produzir nossa música autoral. "Vocês sempre me surpreendem! Mal posso esperar para ouvi-la no estúdio! Att. Tio Roberto Cruz" — ele respondeu. Isso também é algo que me anima: vou pela primeira vez a um estúdio de música.

— Dizem que é lá que a magia acontece! — disse Ric mais cedo, quando fui ao seu apartamento.

Eu não colocaria dessa forma, porque não acredito em magia. Mas também sinto que estar em um estúdio vai ser uma experiência diferente dos ensaios. Talvez, mais séria, talvez, não tão leve. Mas, com certeza, eletrizante. Imagine só poder ouvir sua voz gravada por um microfone profissional. E aquelas mesas de som cheias de botões coloridos. Penso como foi para o Eric Clapton ou Brian May a primeira vez a ouvir suas guitarras no som limpo de um estúdio. Será que eles ficaram ansiosos como eu?

— E o que a Andrea achou da música? — Ric quis saber.

— Ela gostou — respondi.

— E...? — ele ficou me olhando com os olhos arregalados.

— E o quê?

— E aí, vocês estão namorando? — soltou a pergunta como uma bomba.

— Lógico que não — respondi sem hesitar. — Nós só combinamos que vamos tentar ser mais do que amigos.

— E o que isso quer dizer? — Ric se esforçou para entender.

Eu não a pedi em namoro. Mas ela me deu um beijo. E eu não quero namorar outra pessoa que não seja ela. Ao mesmo tempo, não sei se posso considerar que já somos namorados. Sinceramente:

— Nem eu sei o que isso quer dizer.

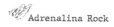

24 de dezembro

"Se você fosse uma melodia, seria as melhores notas". Você já ouviu essa frase? O personagem do Jack Black disse isso no filme *O amor não tira férias*, e eu não pude evitar ficar pensando sobre.

Ontem, convidei Andrea para assistir a um filme comigo. Fomos juntos à videolocadora e ela obviamente escolheu uma comédia romântica. Quando vi a capa do DVD, eu pensei que fosse *morrer de tédio*. Eu jamais escolheria um filme meloso desses. Mas fomos para o meu apartamento assistir com pipoca e a verdade é que foi bem divertido. O personagem do Jack Black escreveu uma música para a personagem da Kate Winslet. Ele deveria estar absolutamente apaixonado para dizer uma frase como aquela. Os sentimentos dele por ela se transformaram nas melhores notas.

Andrea segurou minha mão durante o filme todo e afagou o pelo de Jeremias com a outra mão. E Jeremias está de volta como se nunca houvesse desaparecido: meus cadarços amanhecem roídos a cada dia, não importa o que eu diga a ele. Não sei com quem ele aprendeu a ser teimoso assim.

Bem, hoje é véspera de Natal, o que quer dizer que todos os meus tios e avós telefonaram para desejar uma boa ceia. Não nos reuniremos com o resto da família este ano, eu, meu pai e minha mãe. Minha mãe está de sobreaviso e precisa ficar na cidade. Porém, mandamos e recebemos alguns presentes pelos correios. Meu avô me enviou um afinador de violão e minha tia, um par de chinelos. Meus pais me deram uma camiseta maneira do *Creedence Clearwater*. Vou usá-la no próximo *show*, se houver. Já consigo sentir o cheiro do chester assando na cozinha e escuto o jazz tocando enquanto meus pais terminam de preparar a ceia. Logo será hora de comer. Enfim, se eu não voltar a escrever para você até meia-noite: Feliz Natal!

26 de dezembro

Na manhã de Natal, fui acordado por vigorosas batidas na porta de casa. Eu estava dormindo, obviamente, pois, se eu não tenho aula,

123

não há motivos para acordar cedo. Mas ninguém atendeu da primeira vez que bateram, o que me fez perceber que eu estava sozinho em casa. Minha mãe tinha sido chamada pelo sobreaviso e meu pai saíra pela cidade à procura de um mercado aberto em meio ao feriado. Levantei-me em um pulo quando a porta bateu novamente e a atendi de pijama mesmo. Era Ric acompanhado de sua avó. Nem bem eu havia aberto a porta, ele exclamou:

— Feliz Natal, irmão! — então, partiu para um abraço.

Sua avó também me abraçou e entregou um pequeno pacote de papel pardo em minhas mãos.

— Toma, meu bem. Feliz Natal — ela disse.

Abri o pacote e dentro havia um pequeno estojo crochetado em linha preta.

— Fomos eu e vovó que fizemos — disse Ric. — É para você guardar as palhetas durante os *shows*.

Agradeci ainda surpreso, pois não estava esperando por presentes. Fiquei muito feliz, porque Ric pensou em algo que seria útil para mim e para a banda. Ele continuou:

— E cadê o Jeremias? Tem presente para ele também!

Ric tirou de outro pacote um minúsculo conjunto de meias alaranjadas. Não posso acreditar que ele se deu trabalho de crochetar para um gato. Tirei Jeremias de trás do sofá e segurei-o, enquanto Ric calçava as meias nele. Ric sorria em satisfação com seu trabalho.

— Serviu certinho! — gritou vovó.

Coloquei Jeremias no chão, onde ele permaneceu paralisado, sem saber como reagir aos novos acessórios nas patas.

— Ele merecia um presente — disse Ric —, depois de tantos dias perdidos nos perigos do mundo.

De repente, percebi-me de mãos vazias. Eu não tinha nenhum presente para Ric. Pedi para que ele aguardasse um minuto e corri para o meu quarto. Varri os olhos pelo cômodo e... achei! O par de chinelos que minha tia tinha enviado. Fechei o pacote em que ele estava e entreguei a Ric como um novíssimo e jamais usado presente. Estava um pouco largo para mim de qualquer forma.

— Uau, eu adorei! Valeu, irmão! — ele respondeu com um largo sorriso.

Esquema perfeito. Nesse momento, tive uma ideia.

— Ei, Ric. Você acha que consegue crochetar várias flores pequenas em um cordão? — perguntei.

Ric coçou a cabeça e torceu a boca. Estava prestes a dizer algo, quando vovó interrompeu com sua voz estridente:

— É fácil! Ele consegue sim!

— Ótimo! — vibrei. — Se você conseguir fazer até o Ano Novo, te pago quando recebermos nosso próximo cachê.

— Negócio fechado — ele sorriu.

27 de dezembro

Hoje, é nossa reunião com Roberto. O estúdio é de um amigo seu e fica no centro da cidade. Ric e eu vamos pegar o ônibus em alguns minutos. Se tudo correr como planejamos, Lina entrará no mesmo ônibus que nós algumas paradas depois. Sinto que hoje é um dia importante e eu devo estar com uma boa aparência. Uma reunião em um estúdio, é algo sério para músicos, certo? Vesti minha camiseta nova e passei gel no cabelo, tentando abaixar seus cachos. Talvez, eu tenha exagerado, estou muito mauricinho.

...

Quando cheguei no ponto de ônibus, não reconheci a figura à minha espera.

— De onde você tirou esse chapéu? — perguntei antes mesmo de cumprimentá-lo.

Ric usava um chapéu de abas curtas cinzas, combinando com um cachecol da mesma cor que provavelmente ele mesmo tinha crochetado.

— Gostou? — perguntou enquanto dava uma voltinha para eu ver o *modelito*. — É do meu pai. Pensei que o chapéu seria mais elegante que o boné, para dar uma boa impressão.

Concordei bem a tempo de o ônibus chegar. Apressamos o passo para subir.

— E esse seu cabelo de boneco Ken? — Ric caçoou.

Ri junto apenas pensando que pelo menos não era eu quem estava de chapéu. O ônibus estava vazio, muito provavelmente pelo recesso de final do ano. Conseguimos lugares para sentar e apoiar nos instrumentos. Conversávamos sobre o que esperar do produtor do estúdio, que ainda não conhecíamos, quando ouvimos batidas de passos muito característicos subindo as escadas do ônibus. Lina surgiu atrás da catraca e acenamos para ela.

— Eu aposto que o produtor é um cara tão brisado quanto o Roberto — opinou Lina se integrando à conversa.

Ela não poderia estar mais enganada. Nenhum de nós passou nem perto da real imagem do proprietário, ou melhor, da proprietária do estúdio. Janaína não deve ter mais de um metro e meio de altura e, não fossem as pequenas rugas nos cantos de seus olhos, eu não diria que ela tem uns 20 anos a mais do que eu. Suas bochechas avermelhadas passam um ar jovial. E suas roupas parecem ter saído de um quadro de Romero Britto: cada peça, uma estampa diferente. Até mesmo sua boina era repleta de corações. E por algum motivo ela usava calças por baixo do vestido. *Bem discreta.* Roberto nos apresentou e ela se alegrou com nossa chegada:

— Eu gostei de ver vocês tocando na festa de Roberto — ela falou. — Depois daqueles panfletos, foi difícil esquecer a carinha de cada um.

Andrea tinha feito um bom trabalho. David já estava na sala de entrada tomando um cafezinho e eu também aceitei uma xícara. Ao sentar na poltrona ao seu lado, vi que segurava uma notação musical diferente das que usamos nos ensaios.

— Meu professor de bateria refinou um pouco o ritmo que desenvolvemos para o refrão. Acho que ficou bem maneiro — ele explicou.

Nesse momento, senti uma pontada fria na boca do meu estômago. Como assim outras pessoas haviam visto a música? Em que momento combinamos que estava tudo bem mostrá-la para pessoas de fora da banda e, ainda mais, realizar mudanças no que já estava decidido?

— Você vai curtir — terminou David sorrindo.

Eu duvidei.

Depois de algumas palavras trocadas com a banda, Janaína levantou-se em um salto.

— Hora de música, molecada! — exclamou. — Bora conhecer o estúdio?

Seguimos Janaína por um corredor e ela segurou a porta para passarmos. Do outro lado, deparei-me com um cômodo estreito e comprido com uma fila de cadeiras alinhadas para seu fundo, como em um bar. Mas, em vez de um balcão de drinks, quem se sentasse nelas estaria de frente para uma mesa coberta de milhares de botões e leds coloridos, que mais lembram uma cabine de avião. Fiquei me perguntando se Janaína realmente conhecia a função de todos os botões. Frente à mesa, um vidro dividia o ambiente em um espaço mais amplo onde ficam os músicos, um verdadeiro aquário. Era tudo como eu imaginei. O acabamento em madeira da decoração — e seu cheiro de verniz — traziam uma aura vintage justamente como eram os antigos estúdios que gravaram os grandes clássicos do Rock, como Stones e Joplin. Eu não estive lá, mas sinto que era assim. Com a diferença de que Janaína deu ao lugar um estilo que combinava com suas roupas: cheio de cores, mangueiras de led e lâmpadas de lava.

Olhei para Ric e vi o brilho colorido refletido em seus olhos. Seu sorriso demonstrava que ele estava tão animado em estar lá quanto eu, apesar de que eu talvez estivesse embasbacado demais até para sorrir. Roberto e Janaína tomaram os assentos frente à mesa e nos mandaram para dentro do aquário. Fiz força para abrir uma porta espessa com puxadores metálicos que pareciam travas de câmaras de resfriamento, apenas para me deparar com uma segunda porta idêntica atrás dela. Mais uma vez, usei meu peso para empurrar a outra porta e, então, lá estávamos nós dentro do aquário.

Lina caminhou pelo ambiente e suas botas fizeram um ruído muito leve ao pisar sobre o carpete. Uma camada de espuma ondulada cobria todas as paredes, com exceção da divisória de vidro, que parecia menos translúcida vista dali. Precisei forçar os olhos para conseguir focar a imagem de Roberto do outro lado. Se o lugar fosse pintado de branco, seria o cenário perfeito para um sanatório. David acionou a trava da porta, fechando a banda dentro do ambiente que, de repente, me pareceu muito menor do que antes. Tive a sensação daquele momento em que você pula em uma piscina: a água envolve os canais auditivos de forma que os sons de fora não conseguem chegar a eles. É um silêncio tão profundo que elimina até mesmo o ruído ambiente que faz parte do nosso dia a dia — aquele som estático que está sempre lá, mas só percebemos quando não podemos mais ouvi-lo.

— Uau! — soltou Ric.

Ele observava refletores como os de palco pendurados acima de nós com a cabeça pendida para trás. Sua voz soou abafada e mais clara aos meus ouvidos. Respirei fundo e pude ouvir até mesmo as batidas do meu próprio coração. Então, uma voz robótica vinda do teto cortou o ar.

— Vocês conseguem me ouvir?

Olhei pelo vidro e vi Janaína falando em um pequeno microfone de mesa. Aproximei-me do microfone que estava em um pedestal e respondi:

— Sim — escutei minha voz sair solitária, como se não houvesse obstáculo para ela percorrer o caminho entre minha boca e minha orelha.

— Ótimo. Nós podemos ouvir vocês também — ela disse. — Por que vocês não tocam a música autoral uma vez todos juntos para que eu e Roberto possamos conhecê-la? Depois disso, gravamos as faixas de cada um separadamente.

Como pedido, retiramos nossos instrumentos dos estojos, enquanto David se colocava atrás da bateria que já estava no estúdio. Nossos ensaios percorreram rapidamente a minha cabeça e conferi se estavam todos prontos para começar. David ergueu as baquetas logo acima dos tambores e inspiramos em uníssono. Ao expirar, demos início à introdução da música.

Tentei enxergar Janaína ou Roberto, além do reflexo do vidro enquanto tocávamos, mas, mesmo apertando meus olhos, não consegui. Durante os minutos pelos quais a música passou, cantei ao passo que minha mente percebia as mudanças que David trouxe para a bateria e estranhei o ritmo no começo. Quando finalizamos, ouvi novamente a voz de Janaína pelo alto falante:

— Ótimo, galera. Podem sair.

Lá fora, ambos nos esperavam com largos sorrisos. Meu coração deu uma leve trégua nos batimentos acelerados. Eles tinham curtido.

— Massa pra caramba! — começou Roberto, entre risos de satisfação. — E vocês foram muito rápidos na composição. Mas contem pro tio: de quem foi o coração partido que escreveu essa letra toda melancólica?

Ric riu dando um soquinho no meu ombro. Senti o sangue subindo pela minha face e desviei o olhar, mas feliz pela resposta positiva.

— Claro! O nosso *showman*! — Roberto aplaudiu.

— Estão de parabéns — disse Janaína. — A canção tem muito potencial. Gostei de ver a banda bem conectada, mas vamos gravar um instrumento de cada vez. David, você se importa em ser o primeiro?

David atravessou o par de portas de geladeira e reapareceu à nossa frente do outro lado do vidro. Um quadro de luz com a palavra REC brilhou acima da cabeça de Janaína, que colocou seus *headphones* e falou ao microfone para que David começasse. Dentro do estúdio, pude ver as baquetas atingindo os tambores, mas não ouvi o baque que esperava. Roberto tirou seus fones de ouvido e passou para a banda. Lina os colocou sobre as orelhas e sorriu, balançando a cabeça ao marcar os compassos. Ela passou os fones para mim. Para minha surpresa, o som era alto e muito claro. Cada batida nos pratos soava limpa como se eu estivesse ao lado da bateria.

Janaína deixava David tocar por alguns segundos, então o interrompia para fazer apontamentos. E David afirmava com a cabeça para mostrar que entendia, então continuava tocando. Janaína arrastava e apertava botões pela mesa. Isso durou vários minutos, até que ela chamou David para fora e mandou Ric para dentro do aquário, onde o processo começou de novo. Vi várias das linhas de baixo que tínhamos construído sendo modificadas pelas sugestões de Janaína e Ric acatava a tudo que ela dizia, assim como David havia feito. Isso era certo? Ela poderia fazer isso com a *nossa* música? Entre um *take* e outro, senti Roberto se aproximando de mim e sussurrando no meu ouvido:

— Isso vai levar um tempo. Podemos voltar à entrada para eu te mostrar uma coisa?

Saímos discretamente do estúdio para a sala de entrada e Roberto fechou a porta ao passar.

— Então, o que você está achando? — perguntou.

— Estou... — pensei um pouco antes de terminar minha frase — gostando. Mas estou incerto sobre algumas mudanças na música, eu acho.

Roberto afirmou com a cabeça, enquanto apertava os lábios com os dentes.

— Entendo, sim — ele respondeu olhando em meus olhos. — Mas venha ver isso!

Roberto se dirigiu à porta de entrada e segui seus passos. Ao aproximar-se dela, apontou com a mão para a superfície colorida da porta. Ele sorria seus dentes amarelos e apertava os olhos como uma criança que mostra seus desenhos ao pai. Mirei para onde ele me mostrava e vi o que não tinha percebido antes. Não apenas a porta era colorida, mas era revestida de fotografias de Janaína ao lado das mais variadas pessoas. A maioria dos rostos eu não reconheci, mas vi a imagem de Roberto e ela abraçados no canto superior. Então, observei com mais atenção e as faces se tornaram mais familiares: Samuel Rosa, Kelly Key, KLB, Chorão.

— O que é isso? — tentei entender.

— São as pessoas que já trabalharam com a Janaína.

Arqueei as sobrancelhas em surpresa. Como assim todas esses músicos famosos já trabalharam com ela? E por que eu ainda não estava sabendo disso?

— A Janaína é uma das melhores produtoras que eu conheço, Will — explicou Roberto. — Mas ela não gosta de trabalhar para os grandes estúdios do mercado. O trabalho dela é mais alternativo, independente, sacou?

Balancei a cabeça positivamente e Roberto continuou:

— Mas ela conhece todos os grandões da indústria e às vezes faz alguns pequenos bicos com eles, como gravar demos ou finalizar gravações de outros estúdios — eu ouvia atentamente sem acreditar.

— E as pessoas vêm atrás dela, porque sabem que ela manja dessa parada de música. É como uma bola de cristal dentro da cabeça dela que sabe fazer uma canção bombar nas rádios.

— Ela é muito boa — respondi, com o que Roberto concordou.

Observei as fotografias por mais alguns minutos, pensando em como aqueles artistas fizeram a vida com a música e qual era o papel de produtores e diretores nessa jornada. Atingiu minha mente a percepção de que, para viver de música, não é necessário apenas fazer boas músicas. É preciso seguir a receita de quem já trabalha nesse meio. Primeiro, vem o agenciamento — e nesse quesito estávamos tão despreparados que quase perdemos nosso primeiro cachê. Também tem a divulgação. Conseguimos emplacar um *show* com nossos métodos amadores de publicidade? Sim, mas foi nossa única apresentação. Então, vem a produção, e nós estávamos ainda conhecendo esse universo. E tudo depende de quem você conhece. Eu não conheço muita gente, mas com certeza ter Roberto ao nosso lado é um grande privilégio. Tudo isso somado a tantos outros fatores formam a massa do bolo que é a vida de um músico. Mas a música em si é só a cobertura. Mesmo o melhor brigadeiro com gosto de casa de vó não vai fazer sucesso sozinho, se por debaixo dele não houver um bolo espetacular. Matutei esse assunto enquanto tomava mais um café com Roberto.

— Como foi que você chegou a dirigir as novelas mais famosas da TV? — perguntei.

— Cinquenta por cento foi trabalho duro e criatividade — ele respondeu. — e os outros cinquenta por cento foi sorte de estar no lugar certo na hora certa.

Será que eu estava no lugar certo? E seria essa a hora certa? Senti o ar dentro de meus pulmões ficando mais gelado, ao considerar que apenas metade do que é necessário para o sucesso depende de mim. E o que seria dos meus sonhos se a outra metade não estivesse ao meu favor?

De repente, a porta do estúdio se abriu e voltei minha atenção a ela. Lina colocou a cabeça para fora da porta dizendo:

— Acabei de gravar, Will. Agora é sua vez.

Apressei o passo para voltar ao estúdio. Todos os outros estavam sentados nas cadeiras relatando como haviam sido suas experiências no estúdio. Só faltava eu. Peguei minha guitarra sobre o banco mas, quando eu estava prestes a desencapá-la, Janaína disse que eu não precisaria dela:

— Vamos gravar apenas a sua voz. Aproveitei que Lina estava no estúdio e já gravei todas as linhas da guitarra com ela — explicou.

O ar me pareceu gelado novamente, e esse frio desceu até meu estômago. Eu não poderia tocar a guitarra da música que eu mesmo compus. Isso não era justo. Se fui eu mesmo que a escrevi, não deveria ser eu a tocar a faixa principal da guitarra? Olhei para Roberto e ele sorria levemente. Ao cruzar o olhar com o meu, arqueou as sobrancelhas em compaixão. Então, eu entendi.

Desde que eu apresentei a música para a banda, senti que ela se tornou areia a escorrer de minhas mãos. Tinha para mim que a música estava finalizada e pronta para ser lançada, mas, nas mãos da banda, ela já tinha incorporado novos sons que eu não estava prevendo. Mas estava tudo bem, porque juntos somos a banda. Porém, depois disso, a canção passou pelo crivo de pessoas que eu jamais imaginei que teriam opinião sobre a banda. O regente da banda da escola, uma produtora que, até há algumas horas, eu nem sabia o nome. E, de pitaco em pitaco, a música que eu escrevi se transformava em uma música que eu nunca tinha ouvido antes.

E no olhar de Roberto eu entendi que ele pedia para eu confiar no que estava acontecendo, que era assim que as coisas deveriam ser. Nós fizemos a nossa parte de desenvolver a música, mas agora estava nas mãos de Janaína lapidar seu som — e Roberto tentava me mostrar que ela era a melhor pessoa para tal.

Aquela música já não era mais minha. Quando a escrevi para Andrea, poderia até me pertencer. Mas, depois que a mostrei para a banda, já não era mais minha posse. Era nossa. Nossa música. A música da Adrenalina Rock, que inclui o Will e os outros membros da banda, mas também uma variedade de outras pessoas envolvidas no processo. Sei que para sempre serei creditado como o compositor da letra, mas o resto dela não me pertence mais.

Imaginei quantas vezes Roberto não havia feito escolhas para suas novelas que foram negadas pelos produtores. Seu olhar demonstrava que ele já havia estado em meu lugar. Então, sorri de volta e entrei no aquário.

— Agora, é a hora de dar emoção a essa música, Will — ouvi a voz de Janaína pelo alto-falante. — Quero que se lembre de tudo que sentiu quando escreveu essas palavras e cante com o coração, pode ser?

Acenei com a cabeça.

— Você escreveu uma música dedicada a uma pessoa muito importante, isso é uma coisa muito séria — continuou ela. — Você tem noção disso?

— Ele tem. Já escreveram uma música para ele também — a voz de Ric soou mais baixa ao fundo.

Eu não fazia ideia do que ele estava falando.

— Fred Mercury dedicou uma música pro Will — continuou ele. — Ela se chama "*Will will Rock you*".

Eu realmente não sei por que ainda espero que algo sério saia da boca dele. Escutei a gargalhada espalhafatosa de Roberto e deixei uma risada escapar também. Entre risos, Janaína completou sua fala:

— Quero que, quando estiver cantando, imagine que essa pessoa especial está na sua frente. Então, coloque os fones de ouvido e deixe a voz vir de seu coração.

Certo, acho que entendi. Coloquei os fones sobre a minha cabeça. Respirei fundo e fechei os olhos com o ar dentro de meus pulmões. Apenas eu e o mais absoluto silêncio. Meu coração bateu em um tom grave e, no fundo da minha cabeça, ouvi uma risada leve e contagiante. Era a voz de Andrea. Soltei todo o ar de uma vez e abri os olhos. Forcei a vista tentando enxergar através do vidro. Andrea está aqui? Quando fiz isso, o riso cessou. Apenas a voz de Janaína soou:

— Tudo certo? Podemos começar?

Afirmei com a cabeça e fechei os olhos novamente. Concentrei-me apenas no silêncio. Do fone de ouvido, pude ouvir uma contagem de três batidas e, então, a introdução da música começou a tocar. Mais uma vez, senti o meu coração pulsar, mas, dessa vez, no ritmo da música. O som estava cheio, muito mais completo do que nossa primeira versão da música. Mas era a mesma música, eu podia reconhecer. Aguardei o compasso, entendendo o andamento da canção, e, ao seu final, expirei as palavras que dediquei à Andrea. Ao fazer isso, sua doce risada se misturou ao som dos instrumentos e eu pude sentir como se estivesse cantando frente a ela novamente. As mesmas faíscas que passam pelas minhas mãos quando a toco arderam na ponta dos meus dedos. Eu não sei se você acreditaria se eu dissesse que eu tinha a certeza de que, naquele momento, Andrea poderia me ouvir mesmo sem estar lá. Então, os versos desprenderam-se da minha língua como raios e cantei a música toda em apenas um suspiro.

A trilha instrumental acabou e eu fui deixado para ouvir apenas o grave dos meus batimentos cardíacos e o ar entrando e saindo vigorosamente de meu corpo. Janaína falou para que eu saísse do aquário. Ao abrir a porta, o ruído do mundo lá fora retornou aos meus ouvidos e, aos poucos, substituiu a tensão de dentro do meu corpo. Sequei as mãos nas calças e procurei algum sinal de reação nos olhares de meus amigos. Todos sorriam.

— Espetacular, William! — disse Janaína. — Era isso mesmo que eu queria, emoção!

Agradeci e Roberto tomou a fala:

— Já tenho muitas ideias para esse clipe! — ele soava entusiasmado. — Muito romance e arte!

Eu mal podia esperar para ouvir o que ele estava pensando. E mal podia esperar para contar tudo à Andrea também. Janaína pediu para que saíssemos do estúdio para que ela pudesse terminar a mixagem, e assim fizemos. Depois de nos acomodarmos nas poltronas e pufes da entrada, Roberto fez uma longa pausa em silêncio, apenas olhando nos olhos de cada um de nós.

— O que foi? — Lina perguntou o que todos queriam saber.

Roberto apertou os olhos e riu.

— Vocês nem imaginam o futuro que espera por vocês! — respondeu, sem esclarecer coisa alguma. — Mas, agora, precisamos falar sobre o clipe. Essa música é puro sentimento. Precisamos gravar algo que transmita isso...

— Precisa ter um casal no clipe! — disse Ric. — Mostrando que eles estão apaixonados.

— Concordo plenamente — Roberto respondeu. — Mas acho que essa química do casal poderia ser mais estética.

— Como assim? — David perguntou.

— Olha, eu sei que vocês são rockeiros e cheios de atitude — explicou Roberto —, mas essa música precisa de sensibilidade, movimento. Não um simples clipe de Rock. Quais são seus pensamentos sobre dança?

Dança? Do que esse cara estava falando? Olhei para a banda em busca de respostas.

— Nós não sabemos dançar — fui eu quem quebrou o silêncio.

— Não vocês. Uma dança de um casal, com uma coreografia apaixonante! — Roberto respondeu.

— Mas isso não vai ficar brega? — eu disse. — Não sei se dança tem muito a ver com nosso estilo de música.

— Exatamente! — Roberto riu. — Ninguém espera isso de uma banda de Rock!

Aonde esse maluco queria chegar? Nenhum de nós sabia o que responder.

— Mas essa é exatamente a questão — continuou ele. — Seria inovador o contraste entre o Rock e algo delicado como a dança. E, além do mais, podemos usar elementos da personalidade de vocês para não perder a essência da banda.

Acho que estava começando a entender seu raciocínio. Essa não seria a ideia mais óbvia para um clipe da Adrenalina Rock — e talvez fosse justamente esse o motivo pelo qual deveríamos abraçá-la.

— Bárbara poderia dançar — sugeriu Lina. — Ela é muito boa e aposto que adoraria fazer parte.

— Ótimo! Já começamos a formar um elenco! — parabenizou Roberto. — E quem será o rapaz para formar o casal?

— O Eric dança — David respondeu e eu fiquei sem entender como Eric se encaixaria nisso.

— Eric sabe dançar? — tentei entender.

— Claro, ele faz aulas de dança de salão — explicou.

— E como você sabe disso? — eu quis saber.

— É... todo mundo sabe disso, né? — David disse seriamente.

Eu claramente não estava sabendo disso. Mais alguém não sabia? Olhei para Lina e ela desviou o olhar. Roberto bateu uma palma estrondosa que me fez dissipar os pensamentos, então disse:

— Perfeito! Conversem com seus amigos dançarinos essa semana e eu vou refinar essa ideia. Entro em contato com vocês nos próximos dias para planejarmos a gravação.

Estamos dando muitos passos à frente nesse momento. A cada um, sinto que posso pisar em falso. São muitas escolhas a serem feitas. Porém, tento não pensar duas vezes sobre cada uma delas, pois temo que meus pensamentos possam empacar nossa caminhada. O melhor é fechar os olhos e andar mesmo assim. Retornamos para casa com uma breve ideia de nosso primeiro clipe e sem nem poder ouvir nossa música, já que Janaína não terminou de remixar, mas nos garantiu que gostaríamos do resultado. Estou ansioso para escutá-la logo. Estive presente em todas as etapas da criação dessa música, mas já foram tantas mudanças que ainda assim ela será inédita.

E tudo isso é um acontecimento muito grande, mas não é o que mais ocupa a minha cabeça nesse momento.

29 de dezembro

O Ano Novo já está quase aí e David sugeriu que comemorássemos juntos em sua casa.

— Para terminar o rolê que começamos no dia do meteoro — justificou ele.

Foi uma boa ideia. Eu nunca passei o Ano Novo com amigos e acho que pode ser divertido. Além do mais, agora sei que o clima está mais amigável entre todos os meus amigos e não teremos mais confusões (Jeremias com certeza não será convidado dessa vez). E não vamos estar celebrando apenas o Ano Novo, mas também a gravação do clipe, já que Bárbara e Eric toparam participar. Inclusive, ambos foram os primeiros a ter acesso à mixagem de Janaína, para poderem montar a coreografia, e já nos adiantaram que a música está incrível. Andrea vai estar lá. Eu acredito ser a oportunidade perfeita para dizer a ela o que planejo. Desde minha gravação no estúdio, estive pensando muito sobre isso.

30 de dezembro

Não achei que Roberto fosse se preocupar com nosso clipe em vésperas de Ano Novo. Eu estava errado. Não apenas ele esteve pensando sobre isso como também trabalhou na ideia. Andrea me telefonou e leu o e-mail que ele tinha enviado:

"Oi, galerinha do Rock!

Fico feliz que seus amigos toparam fazer parte disso. Estive pensando e sei o lugar perfeito para gravarmos: o ginásio do colégio de vocês! Eu sei que não é o lugar cinematográfico que vocês imaginavam, mas não pensem que eu estou viajando na maionese! A quadra escolar remete à personalidade colegial que a banda tem. Além disso, faz parte da história da Adrenalina Rock, pois foi onde vocês fizeram o primeiro *show*! Deixem-me saber a opinião de vocês sobre isso o quanto antes, porque já entrei em contato com a diretoria e liberaram nossa gravação apenas até a volta às aulas!

Abraços do Tio Roberto."

Considerando os argumentos de Roberto, a proposta faz muito sentido. Estamos mirando em algo fora do comum para o nosso clipe, então o local se encaixa perfeitamente. Andrea me disse isso depois de ler o e-mail e ela tinha razão.

— Então, a gente se vê na véspera do Ano Novo? — ela perguntou.

Senti meus cabelos arrepiando ao lembrar dessa informação. Já será amanhã. Sorri ao responder que sim, que eu estarei lá para assistirmos aos fogos de artifício juntos. E, além disso, para resolver a grande questão que ainda pende entre nós, mas isso ela ainda não sabe. Antes de devolver o telefone no gancho, ela me mandou um beijo e eu mandei um de volta, mas percebi que o que eu gostaria de ter dito de verdade era: "Estou com saudades".

Credo. Quando foi que eu fiquei assim meloso?

31 de dezembro

Minha mãe me fez vestir uma camisa branca para a virada do ano:

— Chega de usar essas roupas pretas pra tudo! Pelo menos no Ano Novo você pode parecer que não está indo a um velório.

Ah, maravilha. Como eu não tenho nenhuma camisa, vesti uma de meu pai que, obviamente, está larga para mim. Dobrei as mangas para disfarçar, mas os ombros ficam caídos. Mas minha mãe jura que assim ainda é melhor do que com minhas camisetas pretas. Mas como ela se ofereceu para levar eu e Ric até a casa de David, não contra-argumentei.

Aproveitei que peguei a camisa do meu pai e peguei um perfume dele também. Acho que Andrea vai gostar do cheiro. Ric vai trazer minha encomenda de crochê e espero que ele tenha dado conta do recado. Preciso admitir que estou nervoso com o que eu estou prestes a fazer. Não planejei minhas palavras, apenas espero que, no momento, elas saiam de minha boca.

1 de janeiro

Ufa! Deu tudo certo!

...

Acordei após uma soneca até meio-dia. Cheguei cansado demais ontem para poder contar tudo, mas agora estou desperto. E muito feliz.

Ontem Ric encontrou eu e minha mãe no carro logo quando escureceu. Ele chegou também de branco, uma regata, e nos pés os chinelos que eu tinha dado de presente para ele. Como de costume, cumprimentou minha mãe com cavalheirismo (raro para ele) e maneirou nas brincadeiras durante o caminho. Minha mãe estava animada com nosso rolê de Ano Novo, como se ela fizesse parte:

— Que maravilha de festa! Vocês fizeram boas amizades esse ano! Viu, filho? Bem que a psicóloga disse que você iria se adaptar.

Na metade do trajeto, Ric colocou a sacola que carregava em minhas mãos. Abri e vi que estava esperando: o cordão com flores de crochê. Tirei o acessório da sacola com cuidado e o estendi frente aos meus olhos. Estava melhor do que eu imaginava. Ric usou linhas rosas de diferentes tons para criar um degradê em direção ao miolo, dando destaque a cada flor. Eu já sabia que Andrea iria amar.

— Está sensacional! — elogiei.

— Valeu, irmão. Eu também gostei do resultado.

— O que vocês dois estão cochichando aí atrás? — minha mãe exclamou, tentando espiar o cordão pelo retrovisor.

— Nada — respondi. — Ric está me mostrando o trabalho que fez com a avó.

— Hmm, tá bom — senti a ironia em sua voz. — E quando eu vou poder conhecer a menina que você vai presentear com isso? Ou, melhor, a minha nora?

— Pô, mãe, nada a ver — guardei o cordão de volta na sacola. — Olha, a casa é essa.

Apontei para a casa de David pela janela e minha mãe encostou o carro à calçada. No jardim, Bárbara, Andrea e Lina já bebiam algo colorido com canudos retorcidos. A mãe de David apareceu na porta quando saímos do carro. Ela tinha os cabelos presos em rolinhos e vestia um roupão perolado. Mesmo quando ela está desarrumada, é uma mulher superelegante. Minha mãe se apresentou e as duas ficaram conversando próximo a porta. Eu e Ric nos juntamos às meninas. Estavam todas de branco e Andrea parecia uma princesa do oceano, com seu vestido rendado e as mechas loiras soltas.

— Nunca vi nós todos tão elegantes — ela disse sorrindo.

Sobre a mesa do gramado, diversas louças cheias de queijos e pães tentavam o meu estômago. Conferi se minha mãe olhava e, felizmente, ela estava muito entretida na conversa. Era minha chance de roubar um petisco sem ser chamado de esganado de fome. Ric seguiu minha deixa e pegou alguns cubos de presunto também. Lina riu.

— Não vão encher a barriga ainda — ela disse. — David está lá dentro preparando um jantar que parece delicioso.

Peguei minha sacola com refris e entrei na casa, à procura de uma geladeira para deixá-los — e de quebra espiar o que David estava cozinhando. Ao me aproximar da cozinha, ouvi a voz de David acompanhada de outra voz familiar. Entrei no cômodo e vi Eric inclinado sobre o fogão em que David mexia uma panela. Ao me ver, Eric deu um passo para trás, então veio me cumprimentar. Pegou as sacolas de minha mão e já guardou as garrafas na geladeira antes que eu pedisse.

— O que você está fazendo? — perguntei a David.

— A melhor refeição de sua vida! — respondeu sem parar de mexer na panela.

— Peixe com banana? — construí minhas expectativas.

— Banana? — riu Eric. — Claro que não, nunca vi peixe com banana.

Ele não sabe o que está perdendo. Deixei os dois trabalhando e voltei para o quintal. Quando cheguei, minha mãe já ia embora: "Se cuida, juízo, não toma sereno" e essas coisas de mãe. A galera organizou uma rodinha com cadeiras de praia e riam ao conversar. Sentei na cadeira vazia ao lado de Andrea.

— Então, como vai a dança? — perguntei a Bárbara.

Ela bateu palmas e engoliu sua bebida rapidamente.

— Eu estou amando! — exclamou. — Precisamos ensaiar para limpar alguns movimentos, mas a coreografia já tomou forma e vocês vão se surpreender!

Um enorme sorriso cresceu no rosto de Ric, que disse:

— Mal posso esperar para ver! Porque você, Bárbara, todo mundo já sabe que dança muito bem. Mas o Eric? Eu jamais imaginaria.

— Eu também não! — respondi, pego de surpresa. — E David disse que *todo mundo* já sabia.

— O quê?! — Ric estava tão indignado quanto eu. — Vocês já sabiam disso? — perguntou às meninas.

Encarei cada uma delas aguardando uma resposta que esclarecesse minhas dúvidas. Mas elas apenas se entreolharam e riram.

— Eu acho que é de outra coisa que vocês ainda não estão sabendo — Bárbara ironizou.

— Do que vocês estão falando? — perguntei.

— Apenas o *David* sabia disso — Andrea respondeu e levantou suas sobrancelhas.

Olhei para Ric e ele me olhou de volta, seus olhos tão vazios em expressão quanto os meus. Olhamos de volta para elas e as três nos encaravam à espera de um *"Eureka!"* que não veio. Andrea desistiu e levou a mão à cabeça:

— Por que meninos são tão tapados?

— Caras — Lina revirou os olhos ao falar —, vocês nunca se perguntaram por que, fora dos ensaios, David nunca tem agenda vazia?

Encolhi os ombros, pois já tinha me surgido essa dúvida, mas não a considerei nada demais.

— Gente rica é ocupada, né? — disse Ric.

— Não — ela continuou. — Gente ocupada é ocupada. David tem andado ocupado. E, ainda assim, ele sempre tem tempo para pedir favores a Eric, mesmo que seja mais fácil que nós peçamos. E, não por coincidência, ele sabe muitas coisas sobre o Eric que nós não sabemos. Como isso soa para vocês?

Na minha cabeça, isso soava exatamente como...

— Um namoro? — eu não podia acreditar.

Andrea sorria e afirmava com a cabeça. Ric parecia ainda tentar conectar os pontos em sua mente. Sim, um namoro. Fazia todo o sentido. E, ao mesmo tempo, isso jamais havia passado pela minha cabeça.

— Por que ele nunca nos contou? — assim que perguntei isso, soube a resposta sem que ninguém precisasse me dizer.

Sim, somos colegas de banda. Sim, somos amigos. Mas que garantia que David tinha de que ele poderia confiar em nós? Pode não parecer, mas nos conhecemos há tão pouco tempo...

— Provavelmente porque não é da nossa conta — Bárbara respondeu. — Mas isso não nos impede de observar e chegar a conclusões lógicas.

— Porém — acrescentou Lina —, não vamos comentar sobre isso quando ele estiver por perto, pois ele pode ficar constrangido, ok?

Concordamos todos. E essa informação simplesmente atravessou de um ouvido ao outro de Ric. Se fosse possível guardar informações como água, seu cérebro seria mais como um escorredor de macarrão do que como uma esponja. Bastou que David pisasse para fora da casa que Ric abriu sua bocona:

— Eu fico muito feliz quando meus amigos estão namorando, sabe? — nesse momento já quis tapar sua boca com minhas mãos. — O romance é lindo em todas as suas formas! — ele sorria para todos, acreditando ser discreto.

Fui eu quem o interrompeu para desviar o assunto, perguntando sobre a janta. Felizmente, David estava muito engajado em sua culinária para ter percebido. De lá de fora, eu já podia sentir o cheiro delicioso de carne assada. Eric saiu logo em seguida para nos avisar que a janta estava pronta. Do forno, tiraram uma bela costela, acompanhada de batatinhas e um molho escuro e cremoso.

— E para a senhorita — disse Eric servindo um prato especial para Andrea —, um estrogonofe de cogumelos. Sem carne.

Ela sorriu e suas mãos deram pequenos tremeliques de alegria ao ver a refeição. Eu não posso mentir, meu estômago também roncou mais alto ao ver o banquete em minha frente. Apesar de ser Ano Novo, nossa ceia não teve nenhuma formalidade. Comemos nas cadeiras de praia, com os pratos apoiados em nossos joelhos e batendo papo conforme a última noite do ano se estendia. Quando me dei conta, a lua já estava bem alta e logo seria meia-noite. Eu precisava colocar em ação aquilo que eu tinha planejado.

Apalpei os bolsos e senti o cordão. Estava quente de ficar junto ao meu corpo. Aproximei-me de Andrea e sussurrei para que só ela ouvisse:

— Quer ter uma vista melhor dos fogos?

Ela afirmou com a cabeça e sorriu. Em seguida, levantamos e notei o resto do pessoal tentando disfarçar que haviam percebido nossa saída. Caminhei ao seu lado em direção ao mato para o qual Jeremias tinha fugido naquele dia e, a cada passo, a voz das risadas de meus amigos ficavam mais difusas. Ao pisarmos entre as árvores, minha visão escureceu. Levei um susto ao sentir uma onda de calor atingir a minha mão. Era Andrea que a tinha segurado. Ela provavelmente estava com medo. Mas eu sabia para onde estava indo.

    Caminhamos sem dizer uma palavra. Eu posso dizer que estava nervoso com o que estava prestes a fazer, mas será que ela imaginava? Por que estava tão quieta também, de repente? Vi os raios de luz despontarem entre os galhos das árvores e avisei que estávamos chegando. À nossa esquerda, avistamos a grande pedra de onde eu havia assistido aos meteoros. Sua superfície refletia a lua em um brilho que a fazia parecer molhada. Ajudei Andrea a subir e sentei-me ao seu lado em seguida. Ela aconchegou-se mais perto de mim e voltou a segurar minha mão. Foi então que percebi o quanto eu suava. Arregacei as mangas da camisa do meu pai.

    — É um lugar lindo — ela disse sem me olhar.

    — É perfeito para assistir ao céu — respondi. — Gostaria que você pudesse ter visto na noite dos meteoros. Foi incrível.

    Ela suspirou e senti seu hálito em minha orelha. Ela sempre cheira a frescor, o perfume que imagino que eu sentiria em um spa paradisíaco. Coloquei a outra mão no bolso e puxei o cordão.

    — Feche os olhos — pedi.

    — Mas aí eu não vou ver o céu — Andrea argumentou.

    — Fica tranquila, eu não vou deixar você perder os fogos — ri.

    Ela revirou os olhos então os fechou, sem deixar de sorrir. Segurei cada ponta do cordão com a ponta dos dedos e o posicionei ao redor de sua cabeça. Prendi as pontas com um nó. Olhei para seu rosto e estava exatamente como eu imaginava: como uma fada da natureza. As flores emolduravam seu rosto em um retrato perfeito sob o luar.

    — O que é isso? — ela riu passando a mão pelas pétalas crochetadas. — Posso olhar?

    — Pode — respondi enquanto ela abria os olhos. — É um presente de Natal atrasado para você.

    — É uma coroa de flores?

— Sim. Você ficou linda com elas.

Mesmo sob a luz fraca do luar, vi suas bochechas rosarem. Meu estômago arrepiou quando inspirei o ar para falar:

— Sabe, Andrea... — tentei manter minha voz firme. — Além de linda, você é uma pessoa inspiradora. Porque vê arte em todas as coisas e não tem medo de dizer o que pensa.

— Mas às vezes eu falo mais do que deveria — ela sorriu.

Balancei a cabeça e ri.

— Foi você quem disse isso, não eu — continuei recitando o roteiro que criei em minha cabeça. — A verdade é que eu nunca conheci uma pessoa tão destemida e confiante quanto você. E quando estamos juntos, sinto que posso ser mais confiante também. Eu quero estar ao seu lado.

— Eu também quero estar ao seu lado, Will — ela olhou no fundo dos meus olhos e apertou minha mão com mais força ao dizer isso.

— Então, Andrea...

Era a hora. Juntei cada onda de energia do meu corpo para perguntar:

— ... Você quer ser minha namorada?

E sua resposta não veio em palavras, veio com o calor de seus lábios tocando os meus, tão repentinamente que nem vi quando ela se aproximou. Tive apenas o tempo de sentir o beijo mais doce que minha boca tinha recebido, tão intenso quanto o sentimento de estar sobre um palco pela primeira vez. Cada segundo daquele beijo se estendeu enquanto as fagulhas brilhavam em minhas sinapses por 3, 2, 1....

BUM

O estouro do primeiro fogo-de-artifício marcou a passagem para o Ano Novo. E eu e Andrea permanecemos no nosso beijo. Ainda de olhos fechados, senti como se cada fogo no céu explodisse dentro do meu coração e suas batidas ecoassem no peito dela. Lentamente, ela se afastou e eu abri os olhos. Tons de laranja, roxo e azul refletiam em seus cabelos dourados. Olhamos para cima: a cena era espetacular. Dezenas de estrelas multicoloridas se espalhavam pela noite escura, caindo de volta à terra após explodirem. Flores de luz tão brilhantes

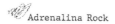

quanto os olhos dela. Andrea aconchegou sua cabeça sobre meu ombro e manteve seu olhar no céu. Não foi preciso dizer mais nada.

2 de janeiro

Roberto marcou nossa gravação para amanhã. Estou ansioso, mas não sei exatamente por quê.

— Vocês não precisam se preocupar com nada! Figurinos, cenário, autorizações... está tudo em minhas mãos! — ele disse.

Ainda assim, sinto que deveria estar me preparando de alguma forma.

— Você vai se sair tão bem quanto foi nos palcos ou no estúdio!

Andrea disse essas palavras mais cedo, quando estava aqui em casa. Ela brincava com Jeremias, enquanto conversávamos na sala. Acho que ela pode estar certa. Vindo da boca dela, parecia fazer sentido.

3 de janeiro

Guitarra no estojo e gel no cabelo. Não é assim que eu geralmente faço meu caminho até o colégio — mas hoje foi uma ocasião especial. Eu nem imaginava que retornaria aqui nas férias, mas ainda bem que não é para estudar! Eu e Ric caminhamos o mesmo trajeto que fizemos tantas vezes durante o ano passado. Porém, dessa vez, não trombamos com nenhum de nossos colegas no caminho. Pelo contrário, a sinfonia de cigarras foi nossa única companhia.

— Aposto que Roberto vai trazer umas jaquetas de couro bem maneiras para nós, como as do Sid Vicious — Ric teorizava enquanto caminhávamos.

Já eu preferi não criar expectativas e apenas esperar. O que quer que fosse que Roberto tivesse arranjado para nós, eu apenas confiaria. Ou, pelo menos, precisaria me forçar a fazer isso.

Entramos no ginásio e meus olhos demoraram alguns segundos para se acostumarem com a escuridão. Do outro lado da quadra, poucos focos de luz muito intensos marcavam a silhueta de algumas pessoas.

Ouvi burburinhos entre o som de metais batendo e sendo arrastado pelo chão polido. Nos aproximamos e comecei a distinguir a imagem de holofotes de iluminação, cadeiras dobráveis, uma tela de televisão e um tripé pronto para ser equipado com uma filmadora. Três homens que eu jamais havia visto trabalhavam em ajustar os equipamentos com a ajuda de ferramentas menores. Um deles acenou com a cabeça e disse que Roberto já chegaria.

— Só cuidado para não pisar nos cabos — avisou.

No chão, múltiplos cabos elétricos formavam um emaranhado que poderia ser um ninho de cobras. Deixei meu estojo em um canto e observei o trabalho dos homens enquanto esperava. A mim pareceu um exercício completamente matemático. Ao passo que um deles ajustava o feixe de luz, que saía de uma grande caixa sobre um pedestal, outro permanecia parado sob a iluminação segurando um apetrecho que exibia diversos números, como uma calculadora. Porém, os números mudavam, conforme a luz era ajustada.

— Assim está melhor — o primeiro anunciou.

Esforcei-me para perceber a diferença e falhei. A voz de Ric cortou o ar:

— Will, olha isso!

Virei minha atenção para ele e o avistei ao lado de uma arara de roupas com diversas peças masculinas e femininas penduradas. Eram todas de inúmeros estilos diferentes, dispostas sem nenhuma organização, como um mostruário de brechó. Minha mãe não gostaria disso.

— Fiquem à vontade para escolher o que vão vestir — disse o terceiro homem, que configurava a filmadora. — Só devolvam as roupas antes de ir embora, pois são emprestadas do estúdio.

A essa altura, Ric já estava com sua cabeçona enfiada entre as roupas, vasculhando por algo para usar. Comecei a passar meus dedos de roupa em roupa, como quem folheia despretensiosamente uma revista. Calças boca de sino, paletós com ombros largos, camisas com golas exageradas. Quem eles estavam vestindo? Os Bee Gees?

— Acho que vou ficar com a minha roupa mesmo — falei.

— Ah, corta essa — Ric bufou. — Você vai negar a oportunidade de se apresentar com os verdadeiros figurinos do cinema?

— Ninguém me avisou que o filme seria *Os embalos de sábado à noite* — respondi.

Ric continuou sua busca pela arara. Nesse instante, Lina apareceu na porta do banheiro do ginásio, para minha surpresa.

— Desde quando você estava aqui? — perguntei.

— Bom dia pra você também — respondeu. — Eu estava me trocando.

Ela havia escolhido um vestido preto que deixava sua prótese à mostra. Suas pálpebras também estavam pintadas da mesma cor.

— Roberto está lá dentro com Eric e Bárbara. Ele está te esperando.

Assim que ela disse isso, corri para a porta atrás dela. No corredor, avistei a luz do vestiário feminino acesa e me apressei para entrar. Lá dentro, a primeira coisa que vi foi Bárbara, mas de um jeito que eu nunca a tinha visto. Ela vestia um vestido branco e esvoaçante, na altura das canelas, e seus cabelos trançados estavam presos em um coque enorme. Uma mulher aplicava maquiagens em seu rosto. Bárbara parecia uma bonequinha de caixinhas de música, daquelas que giram quando você dá corda.

Roberto estava apoiado sobre a bancada das pias e, quando me avistou, arregalou os olhos levantando-se rapidamente.

— Que bom que chegou! — exclamou. — Está na hora de fazer as maquiagens.

— Só das meninas, né? — falei sério.

A maquiadora virou-se e passou seus olhos de cima a baixo por mim, com a sobrancelha arqueada. Então, disse:

— Com essa cara sebosa? Eu acho que você está precisando de um pouquinho do meu trabalho!

Roberto riu, dando um tapa em sua própria perna.

— Ela está brincando — ele tentou explicar. — É que a câmera capta muito mais os reflexos na pele.

Ouvi o som da porta de uma das cabines se abrir. Eric saiu trajando terno e sapato social. Ele nem percebeu minha presença, apenas olhou-se no espelho e ajeitou o paletó.

— É casamento de quem? — perguntei de brincadeira. — Eu não sabia que precisávamos estar tão arrumados.

— Não se preocupe, *Rockstar* — Roberto começou. — Esse figurino é para trazer uma elegância aos nossos dançarinos. Mas a banda precisa esbanjar a rebeldia do Rock!

— Mas seu cabelo bem que poderia levar um trato! — completou a maquiadora.

Ela apontou para a cadeira ao lado de Bárbara e eu, com medo do que poderia acontecer se não a obedecesse, sentei. Ela encheu as mãos de uma pasta branca e eu senti o cheiro de eucalipto chegando ao meu nariz. Suas mãos foram rápidas ao modelar cada mecha do meu cabelo. Mal eu havia entendido o que ela estava fazendo e já estava pronto. Em seguida, cobriu meu rosto com um pó fino e claro, pressionando levemente na minha cara com uma esponja. Abri os olhos. Nunca eu pensaria que a imagem no espelho era eu: um cara cheio de cachos brilhantes que desenhavam pequenas nuvens em minha cabeça. Muito diferente do topete que eu fazia com o gel.

— Ficou irado demais — disse virando a cabeça para os lados, tentando enxergar todos os ângulos do penteado.

Pelo espelho, vi Roberto sorrindo atrás de mim. Levantei, agradecendo à maquiadora, então retornei ao ginásio. Quando voltei, Ric já vestia um colete cor de chumbo e novas botas militares no lugar de seus tênis surrados.

— Olha o que eu achei para você! — ele disse ao me entregar uma peça pesada de roupa.

Desdobrei o que percebi ser uma jaqueta, um modelo aviador marrom com acabamentos em couro. Cheirava a carro velho. Vesti a jaqueta que, como eu já esperava, ficou larga demais para meu porte esquelético. Ainda assim, de alguma forma, combinou com meus jeans.

— Tá com cara de patrão — avaliou Ric.

Fiquei com a jaqueta. David também havia chegado, e tudo me levou a acreditar que a gravata preta em seu pescoço também era obra das escolhas *fashion* de Ric. Parti a ajudá-lo a montar a bateria. Logo quando terminamos, Roberto e Eric entraram no ginásio. Agora, Eric também tinha seu cabelo penteado e poderia ser facilmente confundido com algum antigo cantor de jazz. David sorriu ao vê-lo.

— Você está muito elegante — ele disse.

— Obrigado. E você está elegante demais — Eric respondeu enquanto afrouxava a gravata de David.

Agora, eu consigo ver o que as meninas veem. Ou será que estou influenciado a acreditar que há algo entre os dois só porque elas disseram? Não soube responder, então desviei o olhar. Em seguida, Bárbara chegou ao ginásio desfilando como uma miss. A luz dos refletores criou uma aura brilhante em sua silhueta. Ao ver sua entrada, Roberto aplaudiu sorrindo seus dentes amarelados. David teve outra reação, parecia extasiado. Apressou-se em direção de Bárbara, seus olhos vidrados encarando a sua imagem.

— É o vestido da Amanda Castro? Aquele que ela usou no final da novela?! — apesar de David saber o que estava diante de seus olhos, precisou perguntar para fazer seu cérebro acreditar.

— Imaginei que a estrela desse clipe merecia se vestir como tal! — respondeu Roberto. — Os figurinistas me emprestaram essa peça a muito custo, mas eu sabia que valia a pena insistir!

Bárbara deu uma voltinha e a saia seguiu o movimento esvoaçante.

— Se o vestido não for devolvido, não desconfiem de mim! — ela brincou.

— Desconfiem do David! — Eric completou.

Todos rimos e com uma estrondosa palma de Roberto, voltamos o foco à gravação. Roberto indicou que a dança seria filmada primeiro e que poderíamos assistir. A banda se sentou na arquibancada do ginásio, atrás do ponto em que Roberto dirigia tudo. Assim, tínhamos uma visão ampla da cena mas também podíamos bisbilhotar no monitor de Roberto como estavam ficando os *takes*.

A equipe deu os últimos ajustes de iluminação com a dupla de dançarinos antes de Roberto começar a dar inúmeras instruções: não olhem para a câmera; não virem de costas para a luz; dancem como se estivessem apaixonados... Antes mesmo da câmera rolar, já eram tantas regras que eu estava tonto. Tive a sensação de que meu estômago estava seco. Como eu conseguiria fazer tudo aquilo quando fosse a nossa vez de estar frente à câmera?

Após checar se todos estavam prontos para começar, era hora de ver pela primeira vez o que Bárbara e Eric haviam preparado. Mais do que isso: era hora de ouvir a música completa pela primeira vez. Meu coração palpitou com força. Roberto entoou sua voz por todo o ginásio:

— Ação!

Então a música começou a tocar. A introdução eu bem conhecia. Eric e Bárbara começaram a valsar seguindo o compasso. Então, ouvi uma voz cantando a letra que eu havia escrito, mas não a reconheci. Olhei para a caixa de som, mas fui o único a estranhar. Tentei prestar atenção para entender a voz que, aos poucos, tornou-se familiar aos meus ouvidos. Era eu. Era a minha voz que ressoava das caixas de som, mais clara do que eu jamais havia ouvido. Não soava exatamente como eu a escuto quando estou cantando, mas definitivamente era eu quem cantava. Percebi como minha voz chegava aos meus ouvidos em um novo timbre quando tocada em conjunto com os outros instrumentos. Parecia música que ouvimos na rádio, uma música de verdade.

Retornei meu olhar aos dois dançando. Eric segurou Bárbara pela cintura e ela jogou suas costas para trás. Por um momento me faltou ar e pensei que ela fosse cair, mas, bem a tempo do refrão, Eric a puxou de volta em sua direção, emendando o próximo passo. Expirei em alívio. Era tudo proposital. Continuei observando a coreografia e cada movimento. Claramente ela era feita para essa música, se encaixava em cada verso. Quando terminaram, só pude aplaudir.

Eles dançaram a música completa mais algumas vezes na sequência, para que Roberto pudesse captar a cena em outros ângulos. A cada "ação" atrás de "corta", percebia que todo movimento, todo detalhe e até mesmo os olhares se completavam perfeitamente com a música. Não apenas a poesia, mas cada nota instrumental estava atrelada à dança que eu via.

Na tomada seguinte, fui capaz de desgrudar meus olhos dos dois e percorrê-los pelos outros. Imagino que, até aquele momento, eu estava como Lina e Ric: absorto demais na dança para olhar ao meu redor. Já David parecia ter sido levado a outra dimensão. Seu rosto transparecia emoção como um torcedor de futebol na expectativa da vitória de seu time e posso jurar que ele não piscava há alguns minutos. Mas o que mais me interessou foi ver Roberto trabalhando. Seus olhos pulavam rapidamente de Bárbara para Eric, para o monitor, para a câmera, para a equipe, para as luzes. Nem bem eu podia acompanhar sua mudança frenética de atenção como também sei que seus olhos não acompanharam a velocidade de seus pensamentos. É como eu me sinto quando estou no palco — como se meu corpo precisasse acelerar para alcançar a rapidez de minhas sinapses. E a cada intervalo entre os takes ele dava mais inúmeras instruções à equipe, frenético e ao mesmo tempo preciso sobre o que estava pensando. Era fascinante ver o diretor em ação.

Foram sete ou talvez nove *takes* da dança até que Roberto anunciou um intervalo para fazermos um lanche. Depois disso, seria a vez da banda abaixo dos refletores. Eric e Bárbara pingavam de suor e o pó da maquiadora já não dava mais conta de escondê-lo. Correram para beber água. Lina e Ric os acompanharam para comer os salgados dispostos na lateral do ginásio. Eu e David ficamos para trás. Sem a equipe em cena, restou a câmera solitária frente a nós. Ela se impunha no meio da quadra como um robô caolho trípede, um vilão de ficção científica.

— Alguém já te filmou enquanto você tocava? — perguntei a David.

— Sim. Os irmãos de Lina nos gravaram, lembra? — ele soou indiferente.

Pensei por alguns segundos sobre sua resposta.

— Mas eles estavam muito distantes, na arquibancada. A gente não conseguia ver a câmera lá do palco — eu disse.

— É verdade — começou. — Mas, sendo justo, quando nós tocamos, a única coisa que eu realmente vejo lá da bateria são as bundas de vocês três.

Fui pego desprevenido por essa resposta, ainda mais pelo tom sério com que David falou. Nos encaramos por dois segundos antes de cairmos na gargalhada. A galera voltou ao *set* — é assim que Roberto chamou o espaço iluminado onde gravamos — e David me disse antes de nos juntarmos a eles:

— Relaxa, vai ser mais tranquilo do que qualquer *show* que você já fez.

Afirmei com a cabeça. A equipe trouxe a bateria de David para perto e nos posicionamos com nossos instrumentos. Chequei as cordas da guitarra. Pareciam afinadas. Roberto ficou em pé bem à nossa frente e seu tom de voz foi o mesmo que usou em nossa conversa particular no estúdio de Janaína: direto e sóbrio. Até suas sobrancelhas pareciam menos descabeladas quando ele falava assim:

— A música vai tocar na caixa de som, porque não é o som original da banda que vai para o clipe, é a mixagem do estúdio — ele alternou o olhar entre nós quatro. — Mas isso não quer dizer que vocês só vão ficar parados aí segurando os instrumentos como manequins. Toquem de verdade! É isso que traz o movimento para a música. E se errarem alguma nota, apenas continuem tocando como se nada tivesse acontecido. Ninguém vai ouvir mesmo!

Então, precisamos tocar de verdade sem nos preocupar em tocar de verdade. ***Tá, saquei.*** Roberto saiu do nosso campo de visão e foi para trás do monitor. Quando saiu de seu posto, a imagem da filmadora tomou seu lugar. Ela ali, parada, me encarando. Mais uma vez, Roberto certificou-se de que estavam todos prontos.

— Câmera rolando! — anunciou o operador.

Uma pequena luz vermelha acendeu próximo à lente.

— Ação! — gritou Roberto.

Nossa música começou a tocar na caixa de som. Ao mesmo tempo, toquei a melodia que já conhecia bem. Mas cada nota parecia se estender no tempo, entrando pelos meus ouvidos e desaparecendo aos poucos no fundo do meu cérebro. E, à minha frente, a lente redonda. A curta introdução parecia não ter fim e, entre olhares para a guitarra, via aquele enorme olho negro. Por um segundo, foi como se ele sugasse as pessoas a sua volta para seu interior e...

— Corta! — a voz repentina de Roberto despertou meus sentidos. — Will, você perdeu sua deixa para cantar. Ah! E não olhe para a câmera.

Certo. Nota mental: não olhar para Hal, de *Odisseia no espaço*, digo, para a câmera. Respirei fundo. A ação foi chamada mais uma vez e comecei a dedilhar a guitarra conforme a música mandava. Prestei atenção ao início de meus vocais. Eu estava cantando. Mas a lente era tão curva e tão preta que ela seria capaz de nos sufocar apenas com o poder de sua mente e...

— Corta... Will! — Roberto interrompeu. — Você estava olhando para a lente de novo. Esqueça que ela está aí!

Mas como seria possível esquecê-la, quando ela estava bem na minha frente, encarando a minha alma tão de perto? Chacoalhei minha cabeça para espantar esses pensamentos. A música tocou e eu a acompanhei. Procurei lugares pelo ginásio para prender meu olhar. Se eu encarasse o gol do outro lado da quadra, não pensaria em que segredos a câmera escondia atrás da escuridão da lente. Porque ela guarda tudo o que vê. Não esquece. Não esqueceria se errássemos a música, como aconteceu na casa de Roberto. Seria uma infelicidade se mais pessoas vissem aquela vergonha. E seu eu errasse de novo? Isso estaria para sempre na memória da câmera. Eu não podia olhar para ela pois, se eu o fizesse, com um beijo ela poderia beber toda a energia de dentro de mim.

A música parou.

Soltei meus braços ao lado do meu corpo, deixando que balançassem no silêncio. A guitarra pendurada em meu torso, uma gota de suor escorreu em minha espinha. A música tinha acabado. Mas Roberto ainda estava frente ao monitor, observando a gravação enquanto arrancava a cutícula do polegar com os dentes, sem dizer uma palavra. Olhei para a banda. Lina gesticulou que não sabia o que estava acontecendo. Em um solavanco, Roberto levantou de sua cadeira dobrável e caminhou até mim. Olhou fundo nos meus olhos e perguntou baixo, para que só eu pudesse ouvir:

— Está tudo bem com você? Há algo de errado?

— Não, está tudo certo — respondi.

— E o *showman* que fez uma baita apresentação para dezenas de pessoas no palco, cadê?

Ele tinha percebido. Eu não consegui entrar na música sabendo que aquela câmera estava me olhando. Encolhi meus ombros sem saber como responder. Senti uma mão tocando meu ombro. Era David atrás de mim. Ele estendeu sua mão e me entregou um objeto.

— Você esqueceu isso — David disse.

Eram óculos escuros, estilo aviador. Não eram meus e não entendi o que David queria dizer. Até que vesti os óculos. Em um segundo, toda minha visão escureceu. As luzes dos refletores pareceram mais fracas. Até a luz vermelha da câmera perdeu seu brilho.

— E não é que ficou um estilo? — Roberto elogiou, enquanto olhava nos meus olhos e arrumava as pontas dos cabelos espetados.

Não. Ele não olhava em meus olhos. Ele olhava seu próprio reflexo. As lentes dos óculos eram espelhadas: David tinha uma carta na manga. Sorri satisfeito e retornei ao meu lugar. Roberto checou se estávamos prontos de trás do monitor e recomeçou a gravação. Mas, dessa vez, eu sabia o que fazer. Com as pálpebras entreabertas, espiei a guitarra pela fresta do óculos. Eu poderia tocar sem nem ver, apenas sentindo as cordas em meus dedos. Ao ouvir o "ação", fechei meus olhos. Ninguém poderia ver por trás dos óculos. Quando a música tocou, bastou imaginar que eu estava em mais um de nossos ensaios. Apenas eu e meus amigos em nosso momento de música, ninguém mais para ver ou guardar imagens para si. Deixei o som da guitarra fluir em minhas mãos e, quando cantei, foi como se falasse as palavras para mim mesmo. Meu corpo balançou com a batida e nem pude perceber quando já estava tão solto quanto em algum de nossos *shows*.

Não ouvi minha voz, tão pouco os *riffs* de minha guitarra. Enxergava apenas o fundo escuro de minhas pálpebras e sentia as batidas da música em meus ossos. E naquela escuridão me senti em um lugar em que já havia estado antes. Era a mesma escuridão de alguns meses atrás. Estava em minha memória a sensação de estar com a cabeça dentro da lareira, não enxergando coisa alguma e apenas deixando a voz fluir pelo vão da chaminé. É a liberdade de se fazer acreditar que não está sendo visto, então você pode ser quem quiser.

Ao fim da música, uma gota de suor gelado caiu de minha têmpora. Abri os olhos. Roberto aplaudia sozinho e, a cada palma sua, meus sentidos ficaram mais claros.

— É isso aí! — ele bradou. — Agora, sim, estou vendo o Rock tomar conta de seus corpos!

Ufa! Soltei todo o ar de meus pulmões de uma só vez. Todos na banda sorriam. Mas esse ainda não era o fim do desafio. Assim como Bárbara e Eric, gravamos mais outros tantos *takes*. A câmera trocava de lugar, ora se distanciando no ginásio, ora chegando pertinho de nossos rostos. Roberto nos orientava como um técnico de futebol, comandando nossos movimentos pela música. E nós, prontamente, obedecíamos. Atrás dos óculos, eu fui um ótimo jogador. Não sei se alguém percebeu que não abri os olhos durante os longos minutos de gravação e tentei não me preocupar com isso. Afinal, parecia que eu tinha entregado uma boa performance. A maquiadora retocou minha pele diversas vezes durante os curtos intervalos, tanto era o suor que escorria na minha cara. Estar ali sob os refletores cansava mais que qualquer ensaio, ainda mais nesse dia quente de verão. Em um momento, quis tirar a jaqueta pois não podia mais suportar o calor.

— É nossa última tomada, consegue aguentar mais um pouco? — pediu Roberto.

Sim, eu conseguia. Se essa era a última, eu precisava botar pra quebrar. E foi o que fiz. Não quero soar convencido, mas você sabe quando fez um bom trabalho, né? Mas isso me custou o resto de energia que tinha.

Ao som do último "corta", tirei os óculos. As luzes de repente ficaram estonteantemente claras. Apertei meus olhos e senti a cabeça latejar. Olhei à minha volta e mal pude distinguir as silhuetas luminosas de pessoas e objetos.

— Will, tá tudo bem? — alguém perguntou.

Mas sua voz soava tão distante e abafada que eu nem pude reconhecer quem falava. Era apenas um eco na minha mente.

— Minha cabeça está flutuando — respondi.

Meus pés não sentiam onde pisavam, tentei focar a imagem à minha frente. Aquele círculo escuro eu sabia o que era. A pequena luz vermelha piscou.

Então, eu não vi mais nada.

Acordei com uma onda de água gelada atingindo minha cara em cheio. Ofeguei ao abrir os olhos. Minha visão estava embaçada, mas tudo estava claro. Não sabia se o que escorria em minhas costas era água ou suor.

— Ele acordou! — ouvi a voz da maquiadora.

Procurei seu rosto e finalmente consegui focar sua imagem. Ela franzia as sobrancelhas em preocupação e segurava a vasilha onde antes estava a água. Ao seu lado, Lina me abanava com um pedaço de papelão. Eu estava no banheiro, jogado na cadeira de maquiagem, e não vestia mais a jaqueta nem meus tênis.

— O que aconteceu? — Roberto perguntou.

— Acho que tive um curto-circuito — senti a voz fraca ao responder.

— A pressão dele caiu — a maquiadora explicou. — O corpo dele está fervendo, deve ter desidratado de tanto suar.

— Eu estou bem — tentei levantar da cadeira.

— Eu acho que sei o que seu corpo precisa — começou Roberto. — Um pouco de descanso, nem mesmo um *rockstar* é de ferro.

Ri e afirmei com a cabeça. A banda esperou comigo no banheiro enquanto a equipe desmontava o set no ginásio. Acho que Ric estava esperando a confirmação de que eu passava bem para rir da situação.

— Olha como o jogo virou. Da última vez, era eu desmaiado no gramado enquanto você se desesperava.

Bárbara riu. Revirei os olhos e retruquei:

— Mas se não fosse por aquilo, não estaríamos onde estamos hoje, não é mesmo?

Encontramos com a equipe lá fora. Antes de ir embora me assegurou de que temos um material ótimo para o clipe.

— O seu desmaio não atrapalhou a gravação, não, tá? Vocês vão adorar o resultado final.

Eu tenho certeza que sim. Roberto não é de decepcionar.

4 de janeiro

Roberto pediu mais um dia para terminar a edição do vídeo. Não temos pressa, mas temos ansiedade para ver o resultado. Andrea me garantiu que pelo menos no estilo eu "arrasei", nas suas palavras. Após a gravação, quis devolver os óculos para David, mas ele insistiu para que eu ficasse com eles, "caso precise nas próximas gravações". Eu espero não precisar, mas levei os óculos comigo à lanchonete para mostrá-los à Andrea e contei sobre a vertigem que senti ao encarar a câmera.

— Esse modelo combina com você, charmoso e cheio de mistério — ela avaliou.

Eu ri. Como Andrea pode me achar "cheio de mistério" se é justamente para ela que falo as coisas que não digo a mais ninguém?

5 de janeiro

Animação a mil! David acabou de me ligar avisando que Roberto o entregou um *pendrive* com o clipe pronto! Vamos nos encontrar na *lan house* para assisti-lo em primeira mão. Convidei Andrea para se juntar a nós, ela deve nos encontrar lá. Vou telefonar para Ric para pegarmos o ônibus juntos. Logo volto para contar como tudo rolou. Tchau!

...

Mal posso acreditar que somos realmente nós na tela. Uau. Roberto nos faz parecer com uma banda de Rock de verdade. Ou talvez realmente estejamos nos tornando uma.

Eu e Ric chegamos a *lan house* antes de todos. Era o mesmo local em que demos início ao plano de divulgar o primeiro vídeo da banda. Ficamos esperando do lado de fora até que Lina apareceu. Resolvemos entrar para já pegarmos um bom computador. O sino tocou na porta quando entramos e o olhar do atendente subiu de sua revista culinária lentamente até nós enquanto caminhávamos. Eu reconheci sua feição desconfiada.

— Ei, você! — ele levantou a voz para mim.

Ah, merda. Ele se lembrava da gente. E se ele também se lembrasse de como eu o enrolei com aquela receita falsa para acessar todos os computadores sem permissão? Ele nos expulsaria da *lan house*... encarei o homem por alguns segundos com os olhos arregalados.

— Sua receita de cassoulet foi um sucesso, minha namorada adorou — respirei em alívio ao ouvir essas palavras. — Até fiz novamente para meus sogros e acho que agora eles começaram a gostar de mim.

— Fico feliz em ter ajudado — respondi tentando manter a normalidade do tom de voz.

— Quer saber? Uma hora grátis de internet para vocês hoje, em agradecimento. Fiquem à vontade — disse e voltou a folhear sua revista.

Voltei-me para Ric e Lina, que seguravam o riso. A porta de entrada se abriu e David e Eric entraram. Atrás deles, Andrea e Bárbara. Quando se aproximaram, David sacou o *pendrive* do bolso e o balançou frente a todos. Era nosso pequeno prêmio. Ele espetou o objeto no computador e nos juntamos ao redor do monitor para enxergar. Andrea chegou bem pertinho de mim e eu a envolvi em meus braços.

David sentou à mesa e colocou os fones de ouvido. Após alguns segundos, clicou no ícone do *play*: na tela, Eric e Bárbara se encaravam de pertinho e seguravam as mãos. Suas peles refletiam uma luz dourada de uma forma que eu não tinha percebido durante a gravação. Era um brilho tão mágico que parecia pôr do sol, ainda que eu soubesse que estávamos no ginásio fechado. Os dois começaram a se mover em uma valsa que eu já havia assistido uma dezena de vezes, mas ainda me encantou. Então, sem sinal prévio, a imagem mudou. Agora, quem estava na tela era eu, de jaqueta e óculos escuros movendo a boca rente ao microfone. Mas eu não conseguia ouvir a música, o som do computador saía apenas dos fones de David. Ele retirou o fone de sua própria cabeça e o posicionou sobre as orelhas de Eric, que sorriu ao ouvir a canção enquanto assistia ao vídeo. No monitor, imagens da banda se intercalavam com trechos da coreografia.

Eric tirou os fones e os passou para Bárbara. Seus olhos se apertaram em um sorriso e ela se balançou no ritmo da música. Olhando assim, o ginásio parecia muito maior do que na realidade, como se fosse do tamanho de um campo de futebol. Enquanto o fone passava de Bárbara para Ric e de Ric para Lina, observei meus próprios olhos no vídeo. Era possível ver um reflexo de luz da lente dos óculos cada vez que eu me mexia e conclui que não dava para ver que eu estava de olhos fechados. Ainda bem.

Lina entregou os fones à Andrea e, no momento em que o som chegou aos seus ouvidos, vi seus olhos se encherem de água. Prendeu sua atenção por alguns segundos na tela com um sorriso e então olhou para mim.

— Está incrível! — ela disse em voz baixa.

Seus olhos brilharam no mesmo tom dourado do clipe e eu sabia que ela estava sendo sincera. Por fim, chegou minha vez de colocar os fones. A música já tocava seus últimos versos. Ouvi primeiro o ritmo da bateria e percebi como o clipe o acompanhava em seus cortes e movimentos. A câmera passava dando foco a cada membro da banda e parecia mesmo que estávamos tocando ao vivo — a magia da edição. A música foi acabando e, com ela, a coreografia. Logo após Eric dar o passo final e segurar Bárbara na última pose, a imagem mudou para meu rosto. Eu estava sem os óculos e meus olhos fitavam algo além da câmera. Então, eles rolaram para trás e minhas pálpebras ensaiaram se fechar, mas, antes mesmo delas se tocarem, vi minhas pernas fraquejarem e meu corpo cair mole no chão. Então, a tela se apagou. Raciocinei por um segundo ao que eu assistia, então uma leve risada escapou. Olhei para Ric e ele ria também.

Roberto estava nos pregando uma peça, havia colocado a cena do meu desmaio no nosso clipe. Andrea chegou mais perto de David:

— Volta o vídeo!

David arrastou o cursor e o trecho tocou novamente. Era possível enxergar claramente até mesmo minha boca ficando branca antes de eu cair. Quando o monitor ficou preto, todos caíram na gargalhada.

— Eu não acredito que o Roberto deixou isso no vídeo! — disse Bárbara.

— E eu não acredito que eu perdi essa cena ao vivo! — Andrea riu.

Lara Bridi

Não fiquei chateado com a brincadeira. De certa forma, era bem *Rock'n'Roll*. Não preciso dizer que o clipe foi aprovado por unanimidade, incluindo a cena final. Um vídeo de romance pode ter um momento de humor, né? Telefonamos para Roberto e ele parecia feliz e entusiasmado com a notícia. Em breve vamos nos encontrar para falarmos sobre a publicação da música, ou do nosso primeiro *single*, como Janaína chama. Isso soa tão profissional. Será que algum dia teremos um single número um das paradas? Daqueles que os artistas ganham um LP de ouro ou platina enquadrado para pendurar na parede. Parece chique, eu me sentiria um astro. Se bem que discos de vinil já estão bem ultrapassados, acho quando um dia conseguirmos isso, o quadro terá algo mais moderno, como um CD.

...

"*I, oh, I'm still alive.*[32]"

Eu, ah, eu continuo vivo.

Nós nunca sabemos ao certo o que acontece dentro da cabeça das outras pessoas. Relevamos as ações dos outros como se não houvesse um motivo escondido. Mas há sempre algo por trás do que dizem e eu custo a perceber. Mas será que fui desatento demais ao meu próprio melhor amigo?

Ric veio até meu apartamento algumas horas depois de voltarmos da *lan house*. Ele bateu à porta sem telefonar, diferentemente de como costuma fazer. De início, parecia despreocupado:

— Você se importou com a cena de seu desmaio ter entrado para o clipe? — perguntou após um minuto de papo furado.

— Nem um pouco — respondi. — Foi inesperado.

— Ah, que bom — soltou em alívio. — Não acho que Roberto teria feito isso se eu não tivesse mencionado o meu desmaio naquele dia.

Concordei com Ric. Roberto provavelmente quis fazer uma piada interna entre nós e eu não via problema nisso, disse a ele.

---

[32] Alive, Pearl Jam, 1991.

— É ótimo saber disso, tive medo de que você me culpasse por isso — Ric explicou.

Eu ri e balancei a cabeça:

— Larga de ser bobo, é claro que não te culpo por nada. A não ser por ter me incentivado a fazer parte da melhor banda de Rock da cidade, por isso eu te culpo.

Ele também riu, então soltou a pergunta:

— Você desmaiou mesmo por causa do calor?

— Acho que em parte sim — franzi as sobrancelhas. — Mas em parte eu também não me senti bem por estar sendo filmado. A câmera parece ter algo de maligno.

Ric assentiu com a cabeça enquanto olhava para o teto.

— E você? — virei a pergunta contra ele. — Por que desmaiou no dia da festa?

Ric tirou o boné e secou o suor dos cabelos ao responder:

— Por causa da bebida.

— Que bebida, cara? — eu duvidei das palavras que estava ouvindo. — Você nem bebeu aquele dia.

Então, me atingiu o pensamento de que, na verdade, eu nunca tinha visto Ric beber. Nem mesmo no Ano Novo, não me lembro de ter o visto brindando com espumante.

— Não bebi — respondeu —, mas todos os outros estavam bebendo e isso me deixa desconfortável.

— Como assim? — tentei entender.

Ric expirou o ar correndo os olhos pelo meu quarto, então falou em um tom de voz sério que não estou acostumado a ouvir:

— A bebida pode levar algumas pessoas a fazerem coisas ruins. Eu não quero ser ou estar com uma dessas pessoas.

— Mas nada de ruim aconteceu na festa — eu disse.

— Eu sei. Mas é o medo de que algo aconteça... — ele balançou o corpo ao pensar em suas palavras. — Eu vi minha mãe fazer coisas ruins, sabe?

Ric nunca havia comentado sobre sua mãe. A minha mãe já tinha me perguntado sobre ela mais de uma vez, mas eu não soube responder. Não achava que isso era da minha conta. Mas se Ric estava me contando sobre agora, é porque é importante. Então, ouvi com atenção.

— Eu não lembro muito bem, porque era pequeno. Mas Alex me contou alguns detalhes — começou. — Ela bebia. No começo, não muito. Mas foi aumentando a frequência de bebedeira e, com isso, aumentando as brigas em casa também. Meu pai pedia para que ela parasse de trazer bebida, mas ela respondia gritando. Dos gritos eu me lembro. Meu irmão nos trancava no quarto, quando ela começava a gritar. Às vezes, ouvíamos barulhos de coisas quebrando também. Ele me contou que um dia meu pai jogou fora todas as garrafas de casa e, quando ela chegou, não havia nada para beber. Foi quando aconteceu...

Com os lábios apertados, Ric em nada parecia com meu amigo alto-astral.

— Eu e Alex estávamos na sala, quando ela percebeu o que meu pai tinha feito — continuou. — Não tivemos nem tempo de fugir para o quarto. Ela já começou a berrar e apontar o dedo para o meu pai. Ele disse: "Para com isso, olha as crianças". Mas ela já estava com um abajur na mão. Simplesmente o atirou em nossa direção. Os estilhaços atingiram meu irmão em cheio. E esse foi o fim. Meu pai tirou minha mãe de casa naquele momento e pediu o divórcio. Nossa guarda ficou com ele e ele nunca impediu que ela viesse nos ver. Apenas pediu para que estivesse sóbria quando visitasse. Ela nunca veio...

Minha respiração pareceu limitada, como se houvesse um caroço em minha garganta. Como é possível que Ric já tenha passado por tudo isso?

— E você procurou por ela? — perguntei.

Ric negou com a cabeça.

— Quando Alex fez 18 anos, jurou que jamais iria atrás dela. Mas, às vezes, eu me pergunto se ela não se arrepende de tudo, já faz tantos anos... Pode ser que exista um recomeço para nós, ou talvez não...

Pensei em seu pai. O semblante sempre sisudo, a voz grave e baixa, como ele pouco olhava nos olhos dos outros, com exceção de seus filhos. Quando sorria, era um pequeno movimento sincero da ponta dos lábios, mas raro.

— Seu pai é um homem bom — foi tudo o que consegui dizer.

Ele olhou para o lado e afirmou com a cabeça. Nesse momento, Jeremias entrou no quarto e pulou direto para o colo de Ric. Ric o acariciou e voltou a sorrir quando o gato ronronou.

— Vamos fazer um som? — a sugestão de Ric veio com um entusiasmo tão repentino que me perguntei se estávamos dentro da mesma conversa apenas um segundo atrás.

— Óbvio — respondi, tentando recuperar minha animação na mesma medida que ele.

Enquanto ele buscava seu baixo, fui deixado pensando em quantas coisas as pessoas guardam dentro de si para continuar levando a vida adiante. Dores, medos, traumas, sonhos. Mas a vida deve ser exatamente isso: encontrar as coisas a que valem a pena entregar a sua energia, para tornar mais leve o fardo daquilo que não podemos mudar. Talvez, a música seja essa coisa para nós, do mesmo jeito que o cinema deve ser isso para Roberto, ou que seus filhos o sejam para o pai de Ric. Quando Ric voltou com seu baixo, a imagem de sua mãe não estava mais no quarto. Agora, ele era completo pelo Rock.

6 de janeiro

Janaína mandou um e-mail para a banda — o que por si só é bem surpreendente, já que Roberto está sempre no meio de nosso contato. Ela disse que queria uma reunião com a banda, para falar sobre "o futuro" da nossa música. Será que ela já viu o clipe? Ela entende de sucesso de música e se ela não tiver gostado, será que isso significa que ninguém mais vai gostar? Vou descobrir isso amanhã. Que meus olhos queiram que eu durma essa noite.

7 de janeiro

Algumas oportunidades são rios em que a gente tem que se jogar de cabeça. E se bater a cabeça? Bem, aí você descobriu o quão fundo é esse rio. Chegamos ao estúdio de Janaína mais cedo do que o esperado. David ofereceu uma carona com seu motorista à banda. No caminho, cada um de nós teorizou sobre o motivo dessa reunião.

— E se ela não tiver gostado do clipe? — perguntei.

— Aí o problema é dela — disparou Lina. — Ela é produtora de música, quem entende de vídeo é o Roberto!

— Acho que Lina quis dizer que não há motivos para Janaína não gostar — David tentou amenizar. — Talvez, ela só queira parabenizar a gente.

— Mas ela faria a gente ir até lá só para isso? Bastaria um e-mail — eu disse.

— Aposto que ela quer gravar outra música — Ric é sempre sonhador. — Porque ela viu nosso potencial de ser a melhor banda de Rock de todos os tempos!

Rimos no carro do pensamento absurdo, mas com uma pequena parte de nós desejando que isso fosse verdade. Ao chegarmos, Janaína nos recebeu com um sorriso reprimido. Ela estava escondendo o que a fez nos chamar. Sentamos nas banquetas do estúdio e eu reparei como a espuma acústica começava a ficar gasta. O estúdio era mais velho do que parecia, e provavelmente sua dona também. Janaína começou nos perguntando sobre as gravações do clipe e, para meu alívio, elogiou o resultado final:

— Está muito divertido e jovial. Vocês entregaram carisma e não podemos negar que Roberto é o melhor no que faz.

Sorri e senti meu coração saltar no peito. Mas ainda nem imaginava a grande proposta que Janaína havia preparado para nós.

— O que vocês achariam se esse clipe passasse na MTV?

Foi possível sentir a tensão no ar quando todos nos inclinamos para frente tentando decifrar se ela falava sério. Com os olhos arregalados, evitei piscar com medo de que isso me acordasse de um sonho.

— Os produtores de um grande *show* de Rock nacional vieram me procurar — continuou ela —, porque a banda contratada para o *show* de abertura deu os canos poucas semanas antes do evento. O *show* vai ser uma atração surpresa aqui na cidade e eles precisam desesperadamente de uma nova banda local para substituição. Mas o orçamento que eles têm é baixo, já que a outra banda vazou com o cachê...

— A gente toca — soltou Ric. — Um *show* nacional? A gente abre até de graça.

Apesar de eu pensar o mesmo, Janaína tinha os pés no chão.

— Calma lá, artista! — ela mantinha a voz suave, o que fazia minha curiosidade explodir. — Tratem a música com seriedade, é o produto de vocês e precisa ser valorizado. Não deixem ninguém passar a perna em vocês.

Quando ela disse isso, tive *flashes* de Marco em minha cabeça. Eu não gostaria de passar por essa situação de novo.

— Apesar de ser o *show* de um grande artista do Rock — continuou —, eu não indicaria nenhum de meus amigos por esse cachê. Seria um roubo. Mas, como vocês estão começando, vi a possibilidade de negociar uma outra coisa além do dinheiro: a visibilidade.

Ouvíamos com atenção para tentar entender, é um solo novo para nós. Janaína explicou:

— Vocês podem fazer um *show* para centenas de pessoas sedentas pelo Rock. Isso vai dar uma pequena visibilidade para vocês, ok? Mas, para crescer no mundo da música, vocês precisam da massa, chamar atenção dos gigantes. A galera que tá organizando esse *show*, eles são grandões. Se mexerem seus pauzinhos, eles podem colocar a cara de vocês na TV. Vocês fazem um rebuliço e logo vão chover gravadoras querendo fechar contratos com a Adrenalina Rock. Neste momento, visibilidade é a maior moeda para vocês, sacaram?

Eu saquei. Não adianta em nada nosso clipe ser ótimo se ninguém o vir.

— Mas eles aceitariam fazer isso por nós? — Lina quis saber.

— Com certeza — Janaína respondeu. — Eles estão à procura de uma banda jovem em que possam confiar. E para eles essa história de MTV é moleza, porque sabem que a música de vocês vai emplacar. Eu não sei se poderia ter feito isso, mas mostrei o clipe para o produtor que me contatou e ele ficou bem impressionado. Disse que vocês têm energia.

A banda trocou olhares e vi sorrisos nos rostos de todos. Algo grande está por vir. As pontas dos meus dedos passaram a faiscar. Não precisei consultar a banda para saber o que todos estavam pensando:

— Nós topamos! — falei com confiança.

Janaína sorriu e afirmou com a cabeça:

— Esse é só um dos primeiros passos para o sucesso da banda.

— E o *show* que vamos abrir é de quem? — David perguntou o que também me deixava curioso.

— Essa negociação é confidencial. Conto pra vocês quando fecharem o contrato — ele deu uma piscadela para nós. — Mas já adianto que vocês vão adorar. Enquanto isso, por que não aproveitam que estão no estúdio para fazer um primeiro ensaio para o *show*?

Depressa nos levantamos e corremos para o aquário. Os instrumentos já estavam à nossa espera. Limpei a garganta e observei meus amigos.

— Deveríamos tocar uma nacional, então — foi a sugestão de David.

Antes que eu pensasse em algo, Lina já estava tocando um *riff* animado de introdução que eu conhecia. Em sua repetição, David entrou com a percussão e Ric com o baixo. Não precisei de deixa pois eu sabia quando começar a cantar:

— "Vou deixar a vida me levar para onde ela quiser. Estou no meu lugar, você já sabe onde é!"[33]

9 de janeiro

Os dias de ensaio me fizeram falta. Estamos de volta à rotina de ir à casa de David e passar horas pulando de canção em canção escolhendo as que farão parte de nosso repertório. É um clima caótico que por muito tempo tirou minha paciência, porém me traz a lembrança do caminho que nos fez dar certo até agora. O novo desafio é que decidimos incluir músicas brasileiras na nossa nova setlist, para agradar o público que não conhecemos bem.

---

[33] Vou Deixar, Skank, 2003.

— Vamos tocar uma do Sepultura? — pediu Lina.

— Mas e se for muito pesado? — Ric estava preocupado. — É um *show* de Rock, mas talvez a galera não curta um metalzão paulera.

Eu não acredito que ela pense que eu consiga fazer esses vocais.

— *E Pais e Filhos*, do Legião[34]? — eu disse.

— Aí é parado demais... — David opinou.

Bem, temos duas semanas para colocar isso em ordem e, considerando que já passamos por isso quando ainda nem tínhamos feito um *show* completo, acredito que vamos dar conta do recado.

11 de janeiro

A cada nova sugestão de música surge uma nova possibilidade de quem será o *show* que vamos abrir.

— Aposto que são os Titãs — eu disse, não porque tenha evidências, mas porque eu espero que sejam.

— Mas se eles querem tanto uma banda jovem de abertura — retrucou David —, deve ser alguma banda mais... contemporânea, talvez?

— Então é o Nx0 — Ric pensava alto.

Perguntei a Andrea o que ela achava e ela disse que estamos todos errados:

— Esse não é o tipo de artista com quem Janaína trabalha.

Essas teorias não nos levam a lugar algum, pois Janaína ainda não nos deu retorno sobre o contrato e só então saberemos. Às vezes, fico imaginando se não é algum artista muito ruim e, por isso, a outra banda desistiu. Será que Janaína nos deixaria entrar nessa enrascada?

12 de janeiro

Andrea está nervosa com o resultado de seu vestibular. Não entendo o porquê, é óbvio que ela vai passar. Ela manja de todas as disciplinas.

---

[34] Legião Urbana, 1989.

Meu pai veio me perguntar se eu achava que eu iria passar. Nesse caso, já não posso dar tanta certeza. Apesar de ter estudado com a ajuda de Andrea, eu preciso admitir que chutei algumas questões. Bem, algumas não, várias. Mas é que eu estava ocupado demais com coisas importantes da banda para estudar essas notas de rodapé, entende?

13 de janeiro

Pelo menos as músicas já estão escolhidas, agora é hora de treinar! Além da *setlist* do aniversário de Roberto, adicionamos as seguintes canções nacionais:

1. Geração Coca-Cola[35]
2. Homem primata[36]
3. Puro êxtase[37]
4. Mulher de fases[38]
5. Um minuto para o fim do mundo[39]
6. Erva venenosa[40]
7. Natasha[41]

E, é claro, nossa música autoral. Concluímos que são músicas que todo mundo vai curtir e se jogar, independente do público.

Meus dedos estão calejando e sinto minha voz fraquejar ao final de cada ensaio. Será que ainda estarei inteiro até lá?

15 de janeiro

Hoje, vamos ao estúdio de Janaína. Vamos assinar nosso contrato. Ou melhor, Lina vai assinar pois é a única que já fez 18 anos. Com sorte descobriremos quem é o grande artista nacional! Até lá, te deixo imaginando. Até mais!

---

[35] Legião Urbana, 1985.
[36] Titãs, 1997.
[37] Barão Vermelho, 1990.
[38] Raimundos, 1999.
[39] CPM 22, 2005.
[40] Rita Lee, 2000.
[41] Capital Inicial, 2000.

Adrenalina Rock

...

Você não vai acreditar, nem eu estou acreditando! Eu e a minha banda vamos não apenas conhecer, mas tocar no mesmo palco de uma roqueira incrível! Precisei de alguns minutos para a ficha cair depois que Janaína nos contou.

Chegamos juntos ao seu estúdio e não havia mais ninguém lá. Eu esperava que um grupo de executivos de alguma gravadora ou produtora de *shows* estivesse lá nos esperando para nos avaliar ou algo assim. Mas não, alguém apenas deixou o contrato lá e vai passar buscá-lo mais tarde. Janaína disse que não precisávamos nos preocupar, pois ela confia nessa gente. Ela nos recebeu sorrindo muito, um sorriso de satisfação.

— O que vocês planejam tocar no *show*?

Mostramos a ela nossa lista. Ela afirmou com a cabeça e parecia otimista.

— Ótimo, tive medo de repetirem alguma música do *show* principal.

— E de quem é esse *show*? — Ric não se aguentava mais de curiosidade.

Ela nos olhou com os olhos estreitados e um sorriso travesso.

— É da Pitty! — respondeu Janaína crescendo ainda mais seu sorriso.

Senti ondas elétricas percorrerem o estúdio. Acho que eu até mesmo me levantei do assento. Um brilho passou pelo rosto de cada um. Alegria, surpresa, incredulidade. A Adrenalina Rock vai abrir o *show* da Pitty! Quantas bandas não estariam vibrando com essa chance? Mas ela é nossa!

Li o contrato com atenção, pois já chega de arriscar a banda por acordos fechados sem cautela. Olhei para Lina e ela já empunhava a caneta pronta para golpear o papel. Afirmei com a cabeça e ela puxou o documento para si. Pronto, uma canetada e agora nós temos um encontro marcado com a Pitty. Janaína estourou um espumante. Todos brindamos em comemoração e depois minha taça ficou cheia na mesa, ao lado da de Ric. Dessa vez, eu sabia que não convém oferecer, então me juntei a ele.

Não sei como encontrarei tranquilidade para dormir agora, minha cabeça está repleta de relances dos nossos próximos dias. São poucos ensaios antes do *show* que vai abrir portas para o resto de nossas vidas no Rock. Tudo isso acontecendo frente aos meus olhos e ainda custo a acreditar. Tem tudo para ser a realização de um sonho e eu espero não ter que acordar dele.

17 de janeiro

A cada ensaio estamos mais perto de conseguir tocar tão bem quanto esperamos. Porém, a cada dia que passa meus nervos percebem que o tempo está acabando, tensionando dentro de mim. E vejo que o mesmo está acontecendo com meus amigos. Ric transpira mais do que sua enxurrada usual. Aposto que seu quarto está dominado por peças de crochê de todas as cores. E, pela primeira vez, vi um semblante que não de tranquilidade no rosto de David. Todos os dias ele traz notações musicais atualizadas para sua bateria. Ao errar a batida em meio a uma música, soltou um grunhido e arrancou a tablatura de sua frente, amassando o papel e jogando-o no chão. Suas sobrancelhas se uniram e logo relaxaram. Enquanto ele fechava os olhos, inspirou fundo. Dois segundos de meditação e ele estava de volta ao normal.

Mas meu maior problema é com Lina, nossas questões anteriores voltaram à tona. Com as novas músicas vieram novos comentários: "você está tocando rápido demais; não é assim a melodia; use menos distorção na guitarra".

— Que saco, não consigo tocar em paz! — deixei escapar hoje.

Ela me analisou de cima a baixo e retrucou:

— Tá bom, toca errado na frente da Pitty então.

AAAAAAAH!

Tento respirar para não ser impaciente, mas esse namastê pacificador só funciona para David mesmo.

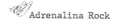

18 de janeiro

Recebemos alguns ingressos para distribuirmos para o *show*, agora que ele já foi anunciado na cidade. Isso quer dizer que nossos pais e amigos vão nos ver.

— Mal posso esperar! — Andrea disse me abraçando. — Você no palco da Pitty! Vai roubar o holofote dela com todo esse seu charme!

Como se isso fosse possível. A comemoração de minha mãe foi outra:

— Ainda bem que esse concerto veio depois do vestibular hein! Senão aí que você não estudava mesmo!

Ela está falando isso, mas quando chegar a hora do *show* eu tenho certeza de que ela vai adorar.

Bem, agora tenho que ir. Já estou atrasado para o ensaio. Fui!

21 de janeiro

Como é bom acordar para fugir de um pesadelo! Quando tirei minha cabeça do travesseiro essa manhã, o suor já tinha manchado a fronha. Enquanto dormia, vivi o *show* que estamos prestes a fazer, mas de uma forma assombrosa. Vi a mim mesmo carregar minha guitarra para o palco, seguido pela banda. Antes de falar ao microfone, David sussurrou no meu ouvido:

— Não esqueça, a primeira música é sobre o homem que viaja no espaço sideral.

Assenti e me posicionei em frente ao microfone, cantando as palavras:

— *"She packed my bags last night, pre-flight..."*

Nesse momento, Ric me interrompeu com decepção no olhar:

— O que você está fazendo?

Paro de cantar e a banda começa a tocar seus instrumentos, mas a música é outra.

— Que música essa? — tento entender.

— A música do homem no espaço, *Starman*, do Bowie — Ric responde.

— Mas essa eu não ensaiei — tento explicar enquanto a banda continua tocando — eu pensei que fosse a do Elton John, **Rocket Man**.

Lina dá de ombros e continua tocando. A cada tempo da canção tento recordar da letra de Bowie, mas eu não consigo. Olho para o público e todos estão me encarando com rostos sem expressão. Aos poucos, seus olhos começam a se tornar luminosos e vermelhos, como lentes de uma filmadora, chegando cada vez mais perto de mim. Olho de volta para a banda com as mãos trêmulas:

— Galera, precisamos tocar outra música, essa eu não sei.

E ao som de vaias da plateia, a banda responde:

— Você só pisa na bola mesmo, Will.

E em um suspiro de desespero, abri os olhos e estou de volta à minha cama, minha testa molhada de suor. Agarrei depressa meu caderno e conferi: nenhuma dessas músicas está na nossa setlist. Ufa. Pensei em dormir por mais alguns minutos, mas já há tanta adrenalina no meu corpo que não acho que eu vá conseguir. Na verdade, já vou deixar minhas coisas preparadas para hoje à noite para que não haja imprevistos: a roupa passada, a guitarra afinada.

...

"And I ain't gonna be just a face in the crowd,
You're gonna hear my voice when I shout it out loud."[42]
E eu não serei apenas um rosto na multidão,
Você ouvirá a minha voz quando eu gritar alto.

Não há nervosismo ou imprevisto no mundo que possa me derrubar do palco. Hoje, vi luzes que jamais havia visto e estou de volta a minha casa escrevendo com os ouvidos zumbindo, tamanho era o

---

[42] It's My Life, Bon Jovi, 2000.

estrondo da música e da multidão. Eu sei onde quero estar pelo resto de minha vida.

Andrea veio almoçar em casa e juntos, nós e minha família, fomos ao local do *show*: o estádio de futebol. Nos separamos na entrada pois eles foram ao camarote e eu aos bastidores. Antes de ir, meus pais me desejaram boa sorte e Andrea me deu um beijo. Quando me soltou, percebi que ela havia deixado uma palheta nova em minha mão. Guardei-a no envelope de crochê que Ric fez. Uma produtora toda vestida de preto com um **walkie-talkie** me conduziu até o espaço onde esperei até a hora de pisar no palco. Percorremos corredores escuros desviando de cabos de energia espalhados no chão. Lá atrás era muito maior do que parecia olhando de fora.

Chegamos a uma sala não muito grande com um sofá e um frigobar repleto de águas e refrigerantes. Também serviram uma bandeja de salgadinhos. De repente, minha barriga roncou e enchi minha boca com uma mãozada deles. Logo, o resto da banda chegou. Tínhamos cerca de uma hora até o *show*, mas conversamos pouco. David se isolou em um canto com suas tablaturas, lendo e relendo cada página. Lina colocou fones de ouvido e entrou em um mundo paralelo em que eu não sabia se ela dormia ou se apenas estava desligada da realidade. Em poucos minutos, Ric acabou com os salgadinhos.

— Será que a Pitty já está aqui? — perguntou limpando a boca.

— Ela está se arrumando no camarim — respondeu a produtora. — Vocês poderão encontrar com ela depois do *show*.

Ele esboçou um sorriso. A produtora pediu a atenção de todos e começou a passar orientações sobre o *show*: não devemos mexer no volume dos instrumentos, nem desconectar cabos, muito menos nos jogar do palco. *Ah, que pena.*

— E se vocês precisarem de algo, como água ou ajuda, sinalizem para a produção. Não entrem em desespero — ela concluiu.

Senti como se eu estivesse embarcado em um avião e aguardasse a aeromoça listar o que devemos fazer para não morrer em caso de acidente. Mas lá não havia risco de pane, estávamos mais preparados do que nunca. Ela então anunciou que faltavam poucos minutos para nossa entrada e deveríamos nos dirigir até a entrada do palco. Peguei minha guitarra e vi linhas de crochê escaparem do estojo de Ric quando ele retirou seu baixo de lá. Caminhamos por outro corredor e a cada passo passávamos por algum trabalhador diferente, dezenas deles. Ajustando cabos, carregando caixas, revisando listas de procedimentos. Fiquei imaginando qual era função de cada um deles ali e quantas pessoas são precisas para fazer um *show* desses acontecer.

— Cinco minutos, galera — a produtora avisou.

— Tem muita gente lá fora? — perguntei.

Ela levantou as sobrancelhas para mim:

— A casa está lotada.

Uau. Um estádio de futebol inteiro esperando para ouvir Rock. Eu não sei contabilizar quantas pessoas isso representa, mas seriam todos os olhos deles olhando para nós, escutando nossa música. E só a gente no palco. A produtora me entregou um fone de ouvido e pediu para eu colocar para poder ouvir a mim mesmo. Nesse momento, soube que o som dos amplificadores não seria páreo para o som da plateia.

Olhei para os meus amigos, que se entreolharam como resposta. Ric estendeu a mão no centro de nossa roda e, de imediato, estendi a minha mão sobre a dele. Assim também fizeram Lina e David. Em um movimento, levantamos nossos braços exclamando ao mesmo tempo:

— Adrenalina Rock!

Sorrimos sem conseguir nos reprimir. Lina encarou meus olhos e disse sorrindo:

— Você acreditaria se eu dissesse que um desejo que fiz a uma estrela cadente está se realizando?

Sorri, pois sabia exatamente sobre o que ela estava falando. Era o desejo de todos nós. Nossos sonhos davam mais um passo em direção à realidade. Então, o relógio da produtora apitou: era hora. Respirei fundo antes que meus pulmões ficassem sem ar.

Saí dos bastidores e, quando meu pé tocou o palco, um grande ruído cheio de eco tomou conta do espaço. Eram aplausos. Acenei para a galera, enquanto a banda se posicionava. Era fim de tarde e o céu começava a ficar violeta. Eu já conseguia ver uma estrela no céu. É

Vênus, lembrei que David havia me ensinado. A luz do sol baixava rapidamente criando uma sombra da silhueta da arquibancada do estádio. Com certeza ela era muito mais alta do que a arquibancada do ginásio do colégio, talvez dez ou até mesmo 20 vezes maior. E não havia uma única cadeira vazia. Abaixo de nós, mais inúmeras pessoas formavam um tapete de gente na pista. Eles vibravam e nos observavam com emoção. Levantei a mão direita para o alto, segurando a palheta que Andrea me dera. A multidão gritou mais uma vez.

Mais acima, avistei o camarote. À distância, Andrea sorria para mim e usava a coroa de flores na cabeça. Não sei se ela conseguiu me ver sorrindo de volta. Ao lado dela, meus pais se abraçavam. O pai de Ric e seu irmão também estavam lá e conversavam com Bárbara e Eric. A mãe de David usava uma camiseta escrita: "Mãe do baterista" e ria junto ao regente da escola. E os irmãos de Lina, com seus pais, já tinham sua câmera em mãos para registrar o momento.

Cada um daqueles olhos olhavam para nós, como havia sido na Semana Cultural do colégio. Pensei que jamais frequentaria aquele lugar de novo mas, se eu apertasse os olhos, é como se eu estivesse lá, no meio dos estudantes. E, ao olhar para trás, ainda era eu e a banda, como foi desde o primeiro dia. No colégio, na casa de David, nas *lan houses*, no estúdio de Janaína. Sempre nós. Mesmo em meio a desentendimentos e dificuldades, somos sempre nós — juntos — contra as adversidades. Nenhuma implicância de Lina, bobeira de Ric, sumiço de David ou teimosia minha poderia ser maior que nossa união, pois foi ela que nos fez sobreviver a todos os ensaios e nos trouxe até aqui. Os flashes de câmeras digitais começaram a despontar na noite que chegava e foi como um vislumbre dos pisca-piscas de Natal no jardim de Roberto. Todas essas cenas percorreram meus olhos em apenas três segundos e eu vi cada momento passar por mim: Andrea desenhando nossas caricaturas, Bárbara e Eric dançando, Janaína e Roberto sonhando com a nossa música, meus pais em casa todas as noites. Por um instante senti minha cabeça flutuar e pensei que fosse desmaiar, mas, em vez disso, um choque percorreu meu corpo e entendi que esse era o grande momento da minha vida. A nossa grande chance de brilhar. Agarrei o microfone e anunciei para o mundo ouvir:

Lara Bridi

— Nós somos a banda Adrenalina Rock e depois desta noite vocês vão se lembrar desse nome!

"It's my life, It's now or never."[43]
É a minha vida, é agora ou nunca.

18 de agosto

15 anos depois

Olha só o que eu encontrei! Eu nem me lembrava da existência desse pequeno caderno. Acho que, depois que as coisas começaram a ficar muito agitadas na minha vida, eu acabei deixando-o de lado. Mas eu estava encaixotando algumas coisas para a mudança e acabei encontrando essa coleção de lembranças — e quantas são! A propósito, eu e Andrea estamos nos mudando para a antiga casa de Roberto, aquela em que tocamos no seu aniversário. Depois que ele se aposentou, decidiu ir morar no campo, isolado da sociedade. Resolvemos comprar a casa, pois Andrea sempre dizia que era sua casa dos sonhos.

Bem, vejo que eu nunca terminei de contar o que aconteceu depois daquela noite do *show* da Pitty, então vamos lá. Sim, eu passei no vestibular. Cursei Direito por um ano antes de abandonar os estudos. Acontece que a banda demandou demais de mim: composições, ensaios, *shows*, *pitchings* para gravadoras... e quando finalmente conseguimos um contrato para lançar um álbum, eu percebi que não poderia dar conta de tudo, então abracei a Adrenalina Rock. E, depois disso, ainda vieram incontáveis ensaios fotográficos, entrevistas, participações em programas de TV, videoclipes... realmente fiz bom uso da minha energia. Mas não fui o único.

David tomou a direção contrária. Fez faculdade de Astronomia e conciliou os estudos com a banda até o fim. Então, quando já estava formado, convidou toda a banda e amigos para o casamento mais lindo

---
[43] It's My Life, Bon Jovi, 2000.

que já presenciei. Ele e Eric se casaram na praia ao nascer do sol. Roberto se acabou de tanto chorar.

Não há um rockeiro que não saiba o nome de Lina. Ela é a estrela do Rock nacional e provavelmente uma das maiores guitarristas do mundo. Teve diversas conquistas pelas suas composições na guitarra e, quando está de férias da Adrenalina Rock, você pode encontrá-la nos Estados Unidos ou Europa fazendo turnês com bandas mundialmente famosas. Seu Grammy virou um peso para guardanapos na cozinha.

Já sobre Ric, só posso dizer que é a alma da Adrenalina Rock. Sempre foi quem colocou todo mundo para cima, uniu a banda e nos incentivou a continuar em meio às dificuldades, que foram várias. Às vezes, penso em parar de compor músicas para a Adrenalina Rock e apenas tocar as canções antigas que todo mundo já gosta — pura preguiça. Mas é ele quem me lembra de que não somos nada sem nossa personalidade. Bem, acho que é por isso que ele foi e continua sendo meu melhor amigo.

Nós quatro já percorremos o Brasil inteiro e até mesmo países estrangeiros. "A Adrenalina Rock é a minha banda favorita" — já ouvi isso de gente de todas as idades. A abertura do *show* da Pitty foi nossa primeira de muitas apresentações em estádios lotados — mas das outras vezes éramos a atração principal. Hit número um das paradas, recorde de venda de álbuns, a mais pedida da rádio... enfim, já passamos por tudo isso. Posso dizer que vivi o sonho e nunca deixei com que passassem perna da banda. E Marco? Diz a lenda que ele continua andando no Chevette velho, talvez até more nele...

Eu já tenho que ir. Andrea está me chamando para ajudá-la com as caixas de seus quadros. Estão todos vendidos! E eu não estou surpreso, porque ela é a melhor artista que conheço. Sabia que foi ela quem desenhou a capa de todos os nossos álbuns?

Obrigado por ter acompanhado esta aventura até aqui. Agora que reli parte de minha história, sinto uma onda diferente no meu corpo, uma energia querendo sair. Tenho certeza de que esta jornada ainda está só começando para mim. Não sei quando vou voltar a escrever de novo, mas, quando isso acontecer, você vai ficar sabendo. Até lá, um bom Rock pra você e até a próxima!

"In the end is right.
I hope you had the time of your life."[44]
No final está certo.
Espero que você tenha tido o momento de sua vida.

FIM

---

[44] Good Riddance, Green Day, 1997.